無垢なままで抱かれたい

高峰あいす

幻冬舎ルチル文庫

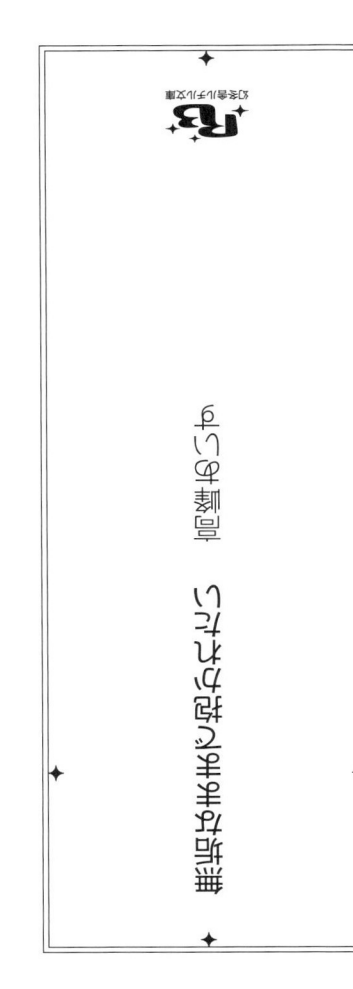

CONTENTS ✦目次✦

無垢なままで抱かれたい

✦カバーデザイン＝清水香苗（CoCo.Design）
✦ブックデザイン＝まるか工房

イラスト・サマミヤアカザ✦

無垢なままで抱かれたい

「僕を買って下さい」

小綺麗《こぎれい》なビルから出てきたスーツ姿の男に、夏紀《なつき》は精一杯の勇気を振り絞って声をかけた。するとニ十代後半と思われる男が立ち止まり、怪訝《けげん》そうに視線を向ける。

仕立てのよいスーツの襟には金色の弁護士バッジが光っていて、相談に訪れた客でないとすぐに気がついた。

――しまった、失敗した。

予定では、このビルに入っている弁護士事務所へ依頼に来た客に声をかけるつもりでいた。真面目そうに見える相手の方が意外と話に乗ってくるのだと悪友に教えられたのだが、こんな真似をしたのは初めてなので、すっかり緊張していた夏紀は弁護士本人に声をかけてしまうという大失敗をやらかしてしまった。

相手は法律の専門家で、警察ではないけれど夏紀がどういう意図を持って『買って下さい』と言ったのかも大方分かっているだろう。

どうやってこの場を誤魔化《ごまか》そうかと考えていると、男が口を開く。

「随分と大胆な誘い方だね」

「え、あ……」

「君みたいに可愛い子の口から言われると、背徳感があっていい」

咎《とが》めるような言い方ではなかったので、夏紀はほっと息を吐いた。

「しかし、どうして私を選んだのかな?」

「えっと、そのあなたに声をかけたのは、ちゃんとした弁護士事務所に来るお客だと思って」

「なる程ね。お金を持っていそうな客だと、勘違いをしたという訳か」

「すみません」

「髪も染めていないし校則違反をするようには見えない子が、こんな危険な真似をするとは思えないが。何か事情でもあるのかい？　虐《いじ》められて、無理矢理客を取るように言われたとか？」

叱《しか》られるか、それとも問答無用で警察に連れて行かれると覚悟していた夏紀は穏やかに続く問いかけに少しだけ警戒心を解く。

「虐めじゃありません、声をかけたのは僕の意志です。うちの学校、バイト禁止なんですけど、どうしてもまとまったお金が必要だったから」

緊張している夏紀は、問われるまま何の疑問も持たず素直に事情を喋《しゃべ》ってしまう。

「家族には秘密にしておきたいから、隠れてバイトするのもどっちにしろ難しいし……そうしたら援助交際がいいって中学時代の友達に教わって」

「分かった、もういいよ。緊張しているんだね」

くすくすと笑い出した男を前にして、夏紀は小首を傾《かし》げた。

——僕、おかしなこと言ったかな？

きょとんとしている夏紀の肩に、男が手を回す。

細身に見えた男だが、その腕にはスーツ越しにも分かるくらいしっかりとした筋肉がついていた。

十七歳になっても、まだ中学生と間違えられる夏紀は、男の逞《たくま》しい体躯《たいく》を純粋に羨《うらや》ましく思う。それに彼のように成熟した体つきをしていれば、日雇いの力仕事で稼ぐことができたかもしれない。

この仕事を提案される前に、一度近所の工事現場に行ってアルバイトはできないかと聞いたら、『そんなに細くちゃ無理だ』と笑って体《てい》よく追い返されたのは苦い思い出だ。

「君は面白いね。気に入ったから、買ってあげよう。ところで名前を聞いてもいいかな。体だけの関係というのは、寂しいからね」

「え？　あ……僕は、佐和《さわ》夏紀って言います」

「私は及川貴《おいかわたかし》だ。よろしく、それじゃあ行こうか」

まるで仕事相手にでもするように、及川は自己紹介を済ませると、夏紀の背に軽く手を添えてそのまま駅の方へ歩き出す。

「あの、どこへ行くんですか？」

「ホテルに決まってるだろう」

また、及川がくすりと笑う。

優しい微笑みを向けられ、夏紀は頬《ほお》が熱くなるのを感じる。

背が高く、柔和な笑みを浮かべる及川は、同性の夏紀でさえ見惚《みと》れるような整った容姿をしているといまさら気づく。

端正な面差しだが硬い印象はなく、モデルをしていると言っても、誰も疑わないだろう。問われたら気負うことなく、素直にプライベートの隅々まで話せてしまうような優しい雰囲気を彼は纏《まと》っていた。

――こんな格好いい人が、男を買うなんて本当にするのかな？

ふと疑問が脳裏を過《よぎ》るけれど、ともかく買われたのだからついていくしかない。

――優しそうな人だけど……ごめんなさい！　僕はこれから、あなたのお金盗んで逃げます。

初めて人を騙す罪悪感と、恐怖に苛《さいな》まれながら夏紀は彼の後に従った。

夏紀の家庭事情は、かなり複雑だ。

佐和家の子は三人兄弟だが、全員父親が違う。小学校低学年の時この家に連れてこられ、突然母から『お兄ちゃん達と仲良くね』と言われた日のことを夏紀は忘れていない。

母である由香利《ゆかり》の実家は政界にも縁のある名家らしいが、夏紀は一度も本家とやらを訪れたことはない。

そしてまだ健在である祖父母達も母と孫に生活の援助資金を出すだけで、佐和家とは断絶状態が続いている。理由は由香利が三人の父親の違う子供を産んでいるからだ。

更にその最大の原因は夏紀だと、家に押しかけて来た親戚達から何度も聞かされている。実家の不興を買った三人目の相手がホストで、夏紀が産まれて程なくして相手の男が離婚届を置き、佐和家の親族に借金までして姿を晦《くら》ませた。

孫には非はないと祖父母は言っているようだが、母が実家に赴いても門前払いをされる時点で相当怒っているのは夏紀も理解できた。

体面を気にする実家からは援助金が振り込まれているが、長男である翠《みどり》の方針で銀行に預けられたままになっている。現在は若くして病院の院長を務める翠の収入が、家計を支えていた。

翠は真面目な性格で責任感が強いけれど、どこか次男の静流《しずる》と三男の夏紀を遠ざけているようなところがあり夏紀は苦手だった。ちなみに長男の父は政略結婚相手の医者で、次男の父親は既婚者で上場企業重役という、肩書きを持つ。

末弟ということと父がホストであることで、夏紀は余計家族に対して引け目があり、その不満を口にできない。

そんなぎくしゃくした家庭に、母が四人目の再婚相手とその連れ子を伴って半年ぶりに戻ってきたのである。

『新婚旅行に行くから、この子を頼むわ』

そう言い残し、幼稚園児の真美《まみ》を置いて、二人は新婚旅行へ行ってしまった。おまけに両親が帰国した途端、父の海外赴任が決まった。

さすがに母も予想外だったようで、この時ばかりは素直に謝ってくれた。更に真美を連れて行くには少々治安の悪い国らしく、結局新しい父に拝み倒される形で佐和家で面倒を見ることが夏紀が知らぬ間に決定していた。

外科医の翠は常に忙しくて、家に居る時間は少ない。静流は大学で遺伝学を専攻していて成績もよく、教授直々《じきじき》に手伝いを頼まれていることもあって必然的に夏紀が面倒を見ることになった。半ば翠に命じられた形で真美の世話をしている夏紀だが、真美は子供なりに立場を理解しており、すぐに夏紀とも打ち解けてくれた。だがいくら真美が素直で良い子であっても、幼稚園の送迎やお弁当作りなどでどうしても手がかかる。元々家事全般を引き受けていたので、今では勉強時間を確保するだけでも精一杯になっている。

それまでずっと心に溜《た》まっていた不満が膨れ、我慢が限界に達した。しかし反抗期に突入したものの、鬱屈した気持ちをぶつけられる相手がいない夏紀は、最終手段で家出を企《くわだ》ててみたがそこで現実に直面する。

家出資金を貯めるバイトは校則で禁止されており、小遣いは翠が厳しく管理をしている。学業や交際費にどうしても必要だと判断されなければ、翠は一円も出してはくれないのだ。

クラスメイトの中には家庭の経済事情を理由に、許可を取ってバイトをしている生徒もいるけれど、複雑な事情があるとは言え佐和家が困窮《こんきゅう》していないのは学校側も知っている。

そんな時、別の高校に進んだ中学時代の友人である井上《いのうえ》と偶然再会し、『楽に稼げるバイトがある』と誘われたのである。

だがその内容を聞いた夏紀は、流石《さすが》に躊躇《ちゅうちょ》した。

『見知らぬ男をホテルに誘って、相手が油断したスキに財布を盗め』などと言われれば、誰だって戸惑うに決まっている。『それって犯罪じゃ……』と驚く夏紀を、井上は鼻で笑い飛ばした。

中学時代から大人びていた井上は、少し見ない間に服装も考え方も変わって、完全に自立した生活をしているように見えた。

必要な物は自分で稼いだ金で買い、親には頼らない。信頼できる友人を校外に多く作り、助け合って生きる。そんな未知の世界の話をされて、夏紀は井上を羨ましいとさえ感じた。

しかしそれ以上に、夏紀を動かしたのは井上の挑発的な言葉だった。

『このくらい、できなきゃ家出なんて夢で終わるぜ。こんなの援交の一種だよ』

そう笑って言う井上が自立して格好良く見えた夏紀は、『やれる』と井上の前でつい虚勢を張ってしまった。

最近は男でも需要があるらしく、特に夏紀みたいな幼い顔立ちの少年を好む大人も多いと言われた。

兄たちからさんざん『子供だ』と馬鹿にされている夏紀としては嬉しい言葉ではなかったけれど、この顔が役に立つなら我慢しようと考える。

夏紀が承諾すると、井上はポケットから手作りのマニュアルみたいな書類を出してきて、書き写すよう指示した。

マニュアルの内容は、万が一のことがあっても通報されにくいタイプの人間を狙《ねら》えと書かれており、そのうちの一つが弁護士事務所に出入りする客だったのである。所々に間違って声をかけないように弁護士や警察バッジの細かなイラスト、カモの見つけやすい場所などが描き込まれており、経験のない夏紀でもすぐに理解できた。

『一ヶ月ほどやってみて、慣れてきたら連絡をくれ』と言い残して、井上は繁華街に消えていった。

そんな経緯で簡単なレクチャーを受けたのが、つい数時間前のこと。

夏紀は決心の鈍らないうちに、行動に出ることにした。

マニュアルに書かれていた『同性にしか興味のない男が集まる場所』だと有名らしい駅を挟んだ反対側の繁華街へと向かう途中で、弁護士事務所の看板を見つけ、出てくる男を摑《つか》まえた方が早いと考えたのである。

そして、初めて声をかけた相手が、この及川貴だった。

ラブホテルのようなところに連れていかれるのかと思ったが、意外にも及川は夏紀でも知っている有名な外資系ホテルに入った。

利用し慣れているのか、あっさりチェックインを済ませると、及川は案内係はつけずキーを受け取りエレベーターへと向かう。

――どうすればいいんだろう、こんな高級なところ入ったことない。

井上は『ラブホは監視カメラの付いているところがあるから、念のため裏口から逃げろ』と言っていた。しかしこんな高級ホテルに、『裏口』なんてない。

フロントを通れば、制服姿の夏紀は確実に目立ってしまう。

それに従業員の目もあるし、何より照明が隅々まで照らしているから顔だって覚えられているはずだ。

――お金なんかいいから、早く逃げないと。

援助交際したことが高校に知られたら、夏紀は当然退学になる。そうなった時、自分は兄たちからさらに白い目で見られることになるだろう。

今以上に家での居場所がなくなるなんて、夏紀は考えたくなかった。

「どうしたんだい、夏紀」

「え……」

半ば引きずられるようにして、夏紀は部屋に入る。

すると、背後で静かに扉が閉まった。

思いがけず広い部屋と、大きな窓から広がる夜景に言葉を失う。

おそらくは、ランクの高い部屋だ。以前夏紀はテレビで、タレントが高級ホテルに泊まる企画を見て覚えていた。値段は朧気《おぼろげ》だが、数十万した気がする。

――テレビで見たのはホテルなのに寝室が三つもあって、リビングやカクテルバーまであったけど。この部屋の方がずっと広い。

たかが援助交際にこんな部屋を取るなんて、常識では考えられない。弁護士のバッジをつけているからそれなりの高給取りなのだろうけど、この若さで気軽に泊まるのはおかしいと夏紀にも分かる。

ただでさえ自分のしていることに怖《お》じ気《け》づいていた夏紀は、すっかり青ざめてしまった。

――この人、ただの弁護士なんかじゃない。そういえば、ヤクザとかの専属ならすごい給料もらえるって、前にドラマで見たような……。

今の時代、弁護士だからというだけで特別お金持ちだとも限らない。若い弁護士の給料が、サラリーマンより少し多い程度の場合もあるとニュースなどの知識で夏紀でも知っている。

黙り込んだ夏紀を見て心情を察したのか、苦笑交じりに及川が告げる。

「君が予想したとおり、私は人より少し余裕のある生活をしている。あの弁護士事務所のある周辺の土地は、曾祖父《そうそふ》の代から受け継いだものでね。他にも都内にいくつかビルを所有しているから、今の仕事は暇つぶしみたいなものだよ」

「それじゃあ、及川さんは……事務所の社長さんなの？」

「そうだよ。業界じゃ、まだ二十九歳の若造だけどね」

あっさりと認める及川に、夏紀は改めて彼を見つめる。外では緊張してまじまじと見られなかったが、彼が身につけているのは品の良いスーツだと分かる。鞄《かばん》や靴もブランド品のようだが、及川の持つ雰囲気に合っていて嫌味が感じられない。

　つまり働かずとも生活していけるのだと、社会経験のない夏紀でも理解した。

「気に入った仕事しか、引き受けないんだ。例えば、ちょっと危険な内容のものとか」

　口元は笑っていても、目は真剣だ。いや、捕らえた獲物をどう料理するか楽しんでいるようにも思える。

「どうしたんだい、夏紀。私に体を売りたいんだろう？　素直ないい子には、それなりの誠意をもって接するよ」

　言葉に、夏紀の背筋を冷たい汗が伝い落ちる。援交を持ちかけた相手に、誠意なんて胡散《うさん》臭《くさ》すぎる。

　――やっぱり、この人やばい！　逃げよう。

「こっちへおいで」

　椅子を盾にするようにして直立不動のまま動かない夏紀に焦《じ》れたのか、及川が手を引いて隣の部屋へと誘う。そこには、夏紀が三人寝てもまだ余るような、巨大なベッドが置いてあった。

　井上からは『客がシャワーを浴びている間に、財布を取って逃げろ』と教えられていたけれど、どうやら及川はすぐ行為に及ぶ気だと分かる。

「え…待って……シャワーは？」

　慌てる夏紀に、及川が優しく微笑《ほほえ》む。その整いすぎた笑みが、更に恐怖心を煽《あお》った。

「体を売ると見せかけて、財布を抜いて逃げるつもりだったんだろう?」

まるで心を見透かしたような及川の言葉に、夏紀は反論もできず息を呑《の》む。

「やっぱりそうか。思い詰めて、本気で体を売るにしては迷いがあったし。時々何かを思いだしている様子だったから、逃げる算段でもしていたんだと予想はしていたが」

見事に見抜かれ指摘された夏紀は、無意識に井上から写させて貰《もら》ったマニュアルを思い出していたと気がつく。

「ごめんなさい! でもここに来たときから、お金を取るのやめようって思ってました」

「だからなんだい?」

許すつもりはないのだと、及川が言外に告げる。微笑みから一転して真顔になった及川が、乱暴に夏紀をベッドへと押し倒す。

突然のことで悲鳴も上げられずシーツの上に転がった夏紀は、震える手で覆い被《かぶ》さる及川の胸を叩いた。

「嫌っ、いやだっ……はなして!」

「悪い子には、お仕置きが必要だね」

子供扱いする言葉に家での扱いを思い出して、つい睨《にら》みつけてしまう。

「子供じゃありません! もう自分で考えて、行動できます!」

怒鳴る夏紀を、及川の目が冷静に見据える。

そしてゆっくりと、楽しげに細められた。

「こんな真似をして、見知らぬ大人についていったらどうなるか。まともな判断もできないのに？　説明できないからといって怒鳴って誤魔化すのは、子供の証拠だ」

兄たちとも数は少ないが、口げんかなら何度かしたことはある。そのたびに夏紀は『喚《わめ》く前に、自分の主張を纏めて説明しろ』と一蹴され、相手にもしてもらえずに終わるのだ。

「まあ、反抗的な方が嬲《なぶ》りがいがある」

怯《おび》える夏紀を嬲るように、及川の手が制服のボタンに触れた。

「暴れない方がいい。制服を破かれたくないだろう？」

整った顔が近づき、震えている夏紀の唇に口づけが落とされた。触れるだけの軽いキスだったけれど、初めての体験に呆然《ぼうぜん》となる。

「……キス……初めてなのに……」

「それは良かった」

泣き出しそうな夏紀とは反対に心底嬉しそうに囁《ささや》きながら、及川の指がブレザーを剝《は》ぎ取っていく。

早く逃げなくてはと理性が警告するけれど、恐怖で体が動かない。

――このままじゃ、僕……本当に犯される。

たとえお金を貰っても、体を弄《もてあそ》ばれるなんて絶対に嫌だった。

どうにかして及川の手から逃れようと、夏紀はささやかな抵抗を試みる。しかし体格差がある上に、怯えて力の入らない体では藻掻《もが》くだけで精一杯だ。

「あきらめの悪い子だね。そうだ……いいものをあげよう」

言うと及川は片手で夏紀をベッドに押さえたまま、空いた手でスーツの内ポケットを探りはじめる。

ほどなく、ラベルのついていない銀色のチューブを取り出した。

「なに？」

「男のまま、メスになれる薬……媚薬《びやく》だよ」

言われた意味を理解する前に、及川が夏紀の下着とズボンを脚から引き抜く。そしてキャップを片手で外すと、いきなり後孔へチューブの先端を入れた。

「っ……やめて！」

「どうせなら、お互い気持ちいい方が楽しめるだろう。これを塗れば、挿れただけでイけるようになる。自慰などよりも、もっと凄《すご》い快楽を得られる薬だ」

わざと卑猥《ひわい》な物言いをして、夏紀の羞恥心《しゅうちしん》を煽っているのだと分かる。

「やだっ」

そんな訳の分からないものを体に入れるなんて、恐ろしくて全身が強《こわ》ばる。けれどチューブの先端は既に入り込んでおり、逆に食い締めるような形になってしまう。

「本心はもう、期待してるんじゃないのか？　何もかも忘れられるほどの快楽だ、興味はあるだろう？」

——何もかも忘れられるなんて……本当に？

快楽云々《うんぬん》よりも、夏紀はその方が気になった。単純な好奇心もあったが、現実逃避という意味でも興味がわく。

家出をしたい気持ちの根底には、面倒な家事や自分の立場を忘れて自由になりたかったという理由がある。少しだけでも逃げてしまいたい気持ちはあった。

「使い方はよく知っているから、君は私に全て任せていればいい」

「そんなこと、言われても」

「血流を良くする成分が多いだけだ。有害物質は入っていないよ」

初めて会った相手の言葉など、到底信じられはしない。でも及川は夏紀にはよく分からない成分の説明をしながら、愛撫《あいぶ》を続ける。夏紀は、及川の巧みな言葉での誘いと腰の奥からこみ上げる淫《みだ》らな熱に負けて次第に全身から力が抜けていく。

脚を閉じても、逆に及川の腕を挟むような形になっただけで、小指ほどの大きさのチューブから押し出される薬の注入は止まらない。

薬は油分が多いのか、夏紀の体温で簡単に溶けて、すんなりと奥に流れ込む。

「や…いや……」

「ほら、全部入った。即効性だから、薬の染み込んだところが疼《うず》いてきただろう」

チューブが空になると、今度はもっと節張った硬いものが夏紀の中を弄《いじ》りはじめる。それが彼の指だと気づいた瞬間、夏紀は堪《こら》えきれずに涙を零《こぼ》す。

「…嫌です……お願い、なんでもするから、やめて……」

「ならおとなしくしていなさい。そうすれば、気持ちの良いことだけをしてあげるよ。最後までできたら、君が欲しがっているお金も言い値で渡すよ」

「おかね……いらない、から…ごめんなさい……あっ」

異物感と痛みの中、甘い疼きが混じった。初めて感じる快感に、夏紀は混乱する。特にお腹《なか》の側にある、こりっとした部分を押されると勝手に自身が熱を帯びていく。

――どうして？　前、触られてないのに……。

及川の指が中で蠢《うごめ》くたび、内壁がきゅんと疼く。それは腰から背筋を這《は》い上り、全身へと広がっていった。自慰とは全く違う感覚に、頭の中が真っ白になった。

「あっああ……っ……だめッ」

夏紀の体内で、堪えきれない何かが爆発する。まだ半勃ちの自身から、薄い蜜《みつ》が数滴零れた。

「いまの…なに…？」

「中を指で弄られて、軽く射精したんだよ。可愛いイキ顔だったね」

「や……うそ……ッ」

たどたどしく問いかけると、及川が下腹部に散る薄い精液を指で掬《すく》い唇へ擦《こす》りつける。認めようとしない夏紀に、容赦ない現実が突きつけられた。

「自分の出したものなのだから、嘗《な》めて綺麗にしなさい」

声は優しいけれど、拒絶という選択肢はないと及川の態度で分かる。夏紀はあきらめて、自分の精液で汚れた彼の指に舌を絡めた。

「淫乱《いんらん》な舌使いだね。初めてでこれなら、元々素質があるのかな？」

卑猥な質問に反論したくても、口を指で塞《ふさ》がれているので声が出ない。そして体も薬が効いてきたのか、少し触れられただけで全身が疼くようになりはじめていた。

「君の体をもらうよ。夏紀」

「……え、待って……そんな……」

脱力して横たわる夏紀の前で、及川がジャケットを脱ぎスラックスの前を寛《くつろ》げる。すでに熱を帯びていた及川の自身は、窮屈な着衣から出されると凶暴な形を露《あら》わにした。

色も形も違う大人の雄に、夏紀はただ恐怖を覚える。

「薬の滑りだけでも大丈夫だと思うが、一応濡《ぬ》らしておこう」

「やだっ」

白濁にまみれた下腹や自身に、彼の雄が擦りつけられる。目を背けても肌に擦れる感触から、太い雄に貫かれるのだと嫌でも分かってしまう。

「挿れるよ、夏紀」

「お願い……それだけは、やだ…やめて……っ。こんな大きいの、無理っ」

懇願する夏紀を無視して、及川の手が膝裏《ひざうら》を摑んで割り広げた。

「嫌ぁ！」

恥ずかしい部分をすべて晒《さら》す姿勢になった夏紀は、羞恥で悲鳴を上げる。そんな悲痛な声さえ楽しむかのように、及川が薄く笑んで自身の先を後孔に押し当てた。

逃げようとする腰を捕らえられ、夏紀は動けなくなる。わざと雄の形を覚え込ませるかのように、挿入はじっくりと時間をかけて行われた。

——……僕、犯されてる。

異物を拒む後孔を、雄の張り出した部分が無理矢理広げる。

その熱と太さに怯えて体が硬直するのだが、大量に擦り込まれた薬と幹に擦り付けられた精液が潤滑剤の役割を果たし、雄は夏紀の奥へと入り込んでいく。時折、及川が動きを止めて、何かを探すように内側をカリで刺激する。

「ひ、ぅ」

「さっきも指で触ったけれど、ここが君の前立腺《ぜんりつせん》だ。刺激を続けると、男なら嫌でも感じてしまう場所だよ。慣れれば前を扱《しご》かれるよりも、ずっと気持ち良くなってそれが持続する」

張り出した部分でごりごりと擦られて、夏紀は甘い悲鳴を上げる。

「あっあ」

「ここは後でじっくり可愛がってあげるから、今は全部銜《くわ》えることだけに集中しなさい」

「……いや……ぁ……」

ぬちゅぬちゅと淫猥な音を立てて、内壁と雄が擦れ合う。

薬のせいなのか、痛みは少ない。

その分、雄を受け入れているという感覚が強く伝わり、夏紀の心は恐怖と羞恥に押し潰《つぶ》されそうになる。

「ぁ…っ…や。いや……及川、さ…ん……お願い…やめて……」

「駄目だ。これは罰だからね。君が二度とこんな馬鹿な真似をしないように、しっかり体に覚えさせないといけない。もしも相手が平気で犯罪を犯せる大人で、逃亡が失敗したらもっと酷《ひど》い目に遭っていたんだぞ。例えば動画を撮られて、売られる可能性だってある」

「わかりました……ばかなこと……も、しないから……抜いて」

体を倒した及川に、唇を奪われる。

今度は、舌を絡める深いキスだった。

口づけに意識を囚《とら》われている間にも、彼の雄は進入を続けていた。初めて男を受け入れるには狭すぎる夏紀の内部を、張り出した部分が容赦なく広げる。

カリだけではなく幹も太いので、夏紀の後孔は限界まで広げられてしまう。

「んっく…ぅ…」

「偉いね、全部入ったよ。見てごらん」

腰を強く摑まれ、繋《つな》がったまま及川の手で腹の内側に体を丸める形で持ち上げられた。

「…ぁ…う、そ……」

思わず結合部に視線を向けると、卑猥な光景が目に飛び込んでくる。溶けた薬で淫らに光る後孔に、太い雄が根元まで挿入されていた。体を曲げられた息苦しさに、自然と後孔が締まる。

「夏紀の中は、もう私を感じはじめているよ。分かるだろう？」

雄に貫かれていることを視覚でも認識されられた夏紀は、ショックで完全に抗《あらが》う力を失っていた。

「そろそろ、素直になれそうかな」

体位を正常位に戻され、夏紀はほっとして息を吐く。だが、それで終わるわけではなかった。

「ひゃ、んっ…ッ」

根元まで嵌《は》められたまま、軽く揺さぶられて夏紀は甘い悲鳴を上げた。内壁はみっちりと肉棒に絡みつき、ひくひくと痙攣《けいれん》している。

限界近くまで後孔を広げられ、腹の奥に雄を埋め込まれてるというのに、体は確実に淫らな反応をしてしまう。

「んっ」

「中が疼いて、擦られると気持ちいいだろう？」

小突かれるたびに、夏紀の体は打ち上げられた小魚のようにびくびくと跳ねた。

——やだ…嫌なのに……感じてる……。

及川はさらに夏紀を快楽の中へ突き落としたいのか、後孔の刺激で兆《きざ》してきた前にも指を這わせる。

「だ、め……」

「嘘はいけないな。本当のことを言ってごらん」

「ちがっ…嘘なんかじゃ……んっく」

根元から先端へ数回扱かれただけで、鈴口から濃い蜜が滴りはじめる。恥ずかしい反応を止めたくても、夏紀にはどうすることもできない。

すっかり及川の愛撫に溺《おぼ》れた体は、埋められた雄を勝手に食い締め、より激しい快感を強請《ね》《だ》っている。

「あぁっ…いや……っ…は」

カリが入り口付近まで引き抜かれ、直後一気に奥を突かれた。

乱暴な動きだけれど薬が効いているお陰で、内部が傷つくことはない。夏紀は初めて知る内側からの快楽に、歓喜の悲鳴を上げてしまう。

「まだ『やめたい』と言うなら、やめてもいいが。どうする？　しかし君が『どうしても続けて欲しい』と望むなら、好きなだけ犯してあげよう」

意地の悪い問いかけに、夏紀は反抗する気力はなかった。快楽に翻弄《ほんろう》されるまま、はしたない言葉を口にする。

「あ、ぁ……もっと……」

他者から与えられる快感を知ってしまった体は、貪欲《どんよく》に彼を求めてしまう。

「もっと、なんだい？　ちゃんと言わないと、分からないよ」

「続けて、下さい。奥……擦って……」

「いい子だね、夏紀。君が望むとおり、奥を犯してあげるよ」

言いたくもないことを言わされ、涙目になっている夏紀の頭を、及川が優しく撫《な》でる。酷いことを強いている相手なのに、夏紀はついその手に縋《すが》ってしまう。

「夏紀？」

「怖い…から……ぎゅって、して…」

初めてのセックスと強い快感に、冷静な判断力などとうに消えていた。

普段抑え込んでいる寂しさと劣等感が、快楽のせいで理性より強く出ているのだ。半ば無意識に手を伸ばすと、及川が夏紀を包むように抱きしめてくれる。

「おいかわ、さん……あんっ」

「そんなに寂しかったのか、夏紀」

「…ちが……さびしくなんか……ああっ、ン」

夏紀の言葉を遮るように、及川が腰を打ちつける。張り出した部分が容赦なく奥を抉《えぐ》り、緩やかだった律動が次第に激しくなる。

「ぁ…あ…また、いく……ッ」

ひくりと下腹部が震え、夏紀は及川の掌《てのひら》に蜜を零す。すると感じて窄《すぼ》まった後孔に雄が根元まで挿れられ、及川が熱い迸《ほとばし》りを放った。

――ゃ…すごい……。

夏紀は及川の胸に縋りつきながら、中出しの激しすぎる快感にむせび泣くことしかできな

い。

萎《な》えてもまだゆるい抽挿を繰り返され、夏紀は長い絶頂を持続させられる。

「おいかわ、さん……」

「可愛いね、夏紀。想像していた以上に何もかも私好みだ。もう離しはしない。私なしでは生きられないくらい可愛がってあげるからね」

低い声が甘く耳元で囁く。その内容は恐ろしいものなのに、意識の朦朧《もうろう》としている夏紀は気づかない。

「夏紀、まだできるだろう」

「はい……」

わけが分からないまま頷《うなず》くと、中に収まったままの雄が頭を擡《もた》げてくるのが分かる。

これ以上は駄目だと僅《わず》かに残った理性が頭の中で警告する。けれど初めて知る快楽に、体はすっかり溺れていた。

――もっと、するんだ。

初対面の相手に弄ばれる恐怖は、まだ心に残っている。なのに抗おうという気持ちは全くない。

自分でも訳が分からないまま、夏紀は蕩《とろ》けた笑みを浮かべる。

「いい子だね。素直な子にはご褒美をあげよう」

「んっ、ぁ」

快感が冷めず痙攣を続ける中を小突かれ、夏紀は再び及川の与える快楽に堕ちていく。

——はじめて、なのに……。

腰を穿《うが》たれるたびに、自分のものとは思えない甘ったるい悲鳴を上げて夏紀は達した。夏紀は休む間も与えられず、雄に蹂躙《じゅうりん》される。

「あ、んっ」

「大分私に馴染《なじ》んで来たようだ。君の体が満足するまで、何度でも抱いてあげるよ。夏紀」

言葉通り及川の逞しい雄は萎える気配はなく、射精しても夏紀の内部が食い締めると直ぐに兆してくる。

「……ぁ…あ、ぅ……おいかわ、さん……」

「何も考えなくていい。君はただ、感じていればいいんだよ」

初めて知る淫らな快感は、夏紀から完全に理性を取り去ってしまう。夏紀は夢中になって、快感を貪《むさぼ》った。


昨夜は想像していた以上のお金を及川から渡され、タクシー代も先払いで家まで帰らされた。

『言い値で』と及川に言われた気もするが、頭がぼんやりとして何も考えられなかったというのが正しい。それに最初は財布からお金だけを盗む計画だったので、自分の値段なんて考えていなかった。

明け方に帰宅した夏紀を迎えたのは、たまたまレポートを書くためにリビングで起きていた静流だけ。それも小言を言うわけでもなく、物珍しそうにちらと視線を向けただけだった。一応『友人の家に泊まった』と報告すると『別にいいけど、次は連絡くらい入れろ』と返されて、追及もされない。

家にはいつもと変わらない、冷たい空気が流れている。及川と過ごした時間の方がずっとマシだったとさえ、夏紀は一瞬思ってしまう。

鞄を抱えて自室に入ると、夏紀は制服のままでベッドに転がる。

――僕、本当に……援助交際したんだ。

ホテルを出る前にバスルームで汚れを落としてもらったから、肌はさっぱりとしている。けれど腰の奥に残る甘い微痛が、昨夜の痴態をまざまざと思い出させた。

鞄の中に、厚みのある封筒が入っていると気がついたのは、タクシーに乗せられてからだ。中には十万円近い金が入っていて、何気なく確認して夏紀は驚いた。

けれどあんなに欲しかった家出資金なのに、今はお金を財布に入れる気力もない。

――こんなことになるなら、見栄なんて張らなければよかった。

初めて会った男に犯された自分が、酷く情けなく感じる。

いくら旧友の誘いとはいえ、取り返しのつかないことをしてしまった罪悪感と犯された羞恥で、夏紀はベッドに突っ伏し少しだけ泣いた。

けれど、いつまでもそうしてはいられない。明確な理由もなく部屋に籠《こも》っていれば、翠が様子を見に来るだろう。

次男の静流と違い長男の翠は少しでも妙な素振りを見せれば、徹底して問いただすに違いない。

仕方なく夏紀は気持ちを切り替えるために下着とシャツを新しいものに変えて、一階のダイニングキッチンに降りる。そして何でもない風を装い、朝食の準備と真美に持たせるお弁当作りを始めた。

いつもと同じく兄弟の間でまともな会話はないけれど、いまは真美がいるのでそれなりに騒がしい。

普段は寡黙な翠も無邪気な真美に話しかけられると、困惑しつつも答えている。

次男の静流はそんな疑似家族を横目に、幼稚園へ提出する日誌と忘れ物がないかの確認に忙しい。

一般的な家庭なら、ここに両親の姿があるはずだ。だが佐和家では、そんな家庭的な風景は年に数回あるかないか。見知らぬ家に預けられても、健気《けなげ》に笑顔を振りまく真美の存在が場を和ませている。

少しだけ賑《にぎ》やかな朝食の後、夏紀は翠から昼食代を受け取り家を出た。今日は久しぶりに翠が休みなので、幼稚園へ送るのは長男の仕事だ。

夏紀が通っている私立高校までは、最寄り駅から三十分ほど。

鞄の中に、及川から貰ったお金さえなければ、何も変わらない一日が過ぎていく。変わりない日常に、いくらか夏紀の気持ちが落ち着いてきた放課後、事態は一変した。

部活に入っていない夏紀は、授業が終わると早々に校門を出る。

そこになぜか、及川が立っていたのだ。

「……及川さん」

「あんなことをするときに制服姿なんて、無防備すぎるよ。夏紀」

一見穏やかな物腰と優しげな容姿だから、通りすがる生徒たちの誰も及川を不審者とは思っていない。身なりもきちんとしているので、夏紀の親族だと思われているだろう。

女子生徒の中には、話しかけるチャンスを窺《うかが》うような視線を夏紀に投げかけてくる者もいる。

「近くの駐車場に車を停めてある。来てくれるね？」

「昨日みたいなことは、するつもりはありません。変なことをしたら、警察に言いますよ」

「それは困るけど、君にも不利益になるんじゃないかな？　晴嵐《せいらん》学院の校則は、かなり厳しいと聞いている」

事実、バイトが見つかって停学になった生徒はいる。それが真面目な仕事内容であっても、容赦はない。

もし夏紀が援助交際をしていると教師に知られたら、停学どころか除籍処分にされるだろう。何より恐ろしいのは兄たちに知られ、彼らの社会的地位を脅かすことだ。援助交際をしようと決めた時は、兄妹のことなんて考えもしなかった。

しかし及川に犯され、取り返しのつかないことになったと自覚した夏紀は冷静になり、兄たちの将来を潰す権利は自分にないと思い至る。

――家事とか全部任されてるのは嫌だけど、殴られたこととかないし。学費だって出して貰ってる。

一緒に暮らすのは居心地が悪いが、憎むほどの何かをされたわけではない。

「……分かりました。行きます。その前に、家に連絡させてください。決まった時間に帰らないと、兄さんがうるさいから」

昨日は井上と会った時点で、留守電に『友人に会うから、遅くなる』と、理由を連絡してあった。

それでも翠は夏紀の父が元ホストという点を気にしていて、同じように道を踏み外すのではと行動に目を光らせている。あからさまに疑うようなことはないが、門限などには厳しい。

――でも本音は僕が家にいないほうが、兄さんたちも気が楽だろうし……。真美は今日から、幼稚園のお泊まり会だから迎えに行かなくてもいいし。

兄たちよりも、新しく家族になった真美のことだけが気にかかる。

不慣れな環境で幼いながらも精一杯、馴染もうと努力している姿を見ると、家から逃げ出したがっている自分が情けなくなる。

――でも俺は、真美みたいにいまさら素直になんてなれない。それに父さんがホストってだけで母さんの実家と翠兄さんは、俺が家に来るの嫌がってたもんな。

以前親戚から、そう聞かされたことがあった。ほぼ断絶状態とはいえ、名家の娘が水商売の男と付き合うなど実家は許さず、夏紀が生まれたことが決定打となり縁を切られている。

長男である翠の父は、実家が母のために用意した婚約者で病院の跡取りだ。離婚をしたが、互いの実家の所謂《いわゆる》『大人の事情』で、翠は外科医になり実父の経営する外科の専門病院を継いでいる。

翠の父と別れてから付き合った既婚のエリートサラリーマンが静流の父親だ。それに本人も優秀な学生なので夏紀としては余計劣等感がある。

携帯電話から家の留守電に遅くなることを伝えると、夏紀は及川に従った。

「スマートフォンじゃないのか」

「はい……機種変するとお金かかるし。スマートフォン、高いから」

買い換えたいけれど、そのためには翠の許可が必要だ。しかし学業に必要のないものの購入にいい顔をしない長男を説得するのは難しいだろう。

ガラケーだとクラスで流行《はや》っているゲームもできないし、SNS全般も兄から『勉強の邪魔になる』と言われ使用を許されていないせいで、夏紀はクラスでも浮いた存在だ。虐めこそないが、友人と呼べる相手は片手程しかいない。

「スマートフォンだと、友人関係に振り回されて勉強が疎《おろそ》かになる傾向があるからね。大学までは、ガラケーでいいんじゃないかな」

無言になった夏紀に、及川が続ける。

「それに私も仕事はスマートフォンだけれど、プライベートはガラケーなんだ。どうもタッチパネルと相性が悪くてね」

くすりと笑う及川を、夏紀はぽかんと見上げる。

――こうして話してると、格好いいお兄さんなのに。

「けれどガラケーだけだと、今の学生はつまらないんじゃないのかい。そうだ、後で君のスマートフォンを買いに行こう」

「そんな、申し訳ないです」

すると及川が身をかがめ、低い声で囁きかける。

「別に君を哀れんで、持たせる訳じゃない。私からの呼び出しにいつでも応えられるようにするためのものだ。それに普段使っているガラケーをスマホにして誰かに見られたら、私との関係が公になる可能性があるだろう？」

まだ彼は、自分を縛り付ける気でいるのだとわかり夏紀は青ざめる。

――そうだよ。無償でスマホを買ってくれるなんて、そんな都合のいいことあるわけない。

「私との連絡を優先すれば、後は君の好きに使っていい。流行りのゲームを幾つかダウンロードする程度なら構わないよ。ただし、他人との遣《や》り取りは駄目だけれどね」

念を押されるが、流行りのゲームができるだけでクラスメイトとの会話は増える筈《はず》だ。

「嫌なのかい？」

「いえ……ありがとうございます」

「いい子だ。今みたいに素直に喜んでくれると、私も嬉しいよ」

耳の側で響く低い声は、昨夜の出来事を思い出させた。今はまだ心地よいだけの声が、ベッドに入ると淫らな言葉で夏紀を追い詰めた。

低い声で夏紀がどんな痴態を晒しているか細かく説明され、羞恥に身を震わせながら達した記憶が蘇《よみがえ》る。

「助手席に乗りなさい」

「……はい」

駐車場に停まっていた高級そうな国産車の助手席に乗せられた夏紀は、俯《うつむ》いたまま両手を握りしめる。

——怖い？　違う、これって……。

隣に及川の存在を感じているだけで、体の奥が淫らに疼く。先程の声と吐息だけで、夏紀の体は昨晩知ったばかりの快感を思い出していた。

「体が疼いてるんじゃないのか？」

「そんなこと、ないです」

慌てて否定しても、声が上ずってしまい説得力がない。

その間にも後孔が痙攣し、焦れったいような熱が腰の奥に蓄積されていく。

「あの薬を使われると、くわえ込んだ男にだけ反応するようになるらしい」

「嘘……」

「特別に調合してもらったもので、裏のドラッグ屋でも扱っていない特別製だからね。君が知らないのも、無理はない」

驚いて及川を見るが、彼は平然として運転を続ける。

「警察に話すって言ったら、どうしますか？」

「そんなことをしたら、君も援助交際をしていたと言わなければならなくなるよ」

母の実家の力を借りれば、大抵のもめごとは消すことができると知っている。絶縁状態とはいえ、娘が真摯《しんし》に孫の窮地を訴えれば無下にはしないだろう。

しかし子供を放置して、次々に新しい恋人を作っては遊び回る母に頼るのは嫌だ。

それにただでさえ家族の中で孤立している夏紀が問題を起こせば、さらに兄たちとの溝は深まるだろう。

家出をしたい気持ちは本当だけれど、嫌われたくないという思いもある。

黙り込んだ夏紀に、及川が追い打ちをかけた。

「何より私と離れたら、これからどうやってこの恥ずかしい体を慰めるんだい？」

不意打ちで首筋を撫でられ、夏紀は小さく喘《あえ》いだ。

「ひ、んっ」

「逃げるという選択もあるけれど。私以外の男で、満足できるかな？」

片手でハンドルを操作しながら、もう一方の手で夏紀の首筋を及川が執拗《しつよう》に擽《くすぐ》る。

「お願い……やめて……逃げないから」

「恥ずかしがらずに、何をしたいのか言ってごらん」

わざと恥ずかしいことを口に出させるのは、夏紀にこれからすることを意識させるためだと分かる。意地の悪い及川の言いなりになるまいと唇を噛《か》むと、彼の指が見透かしたように夏紀の下唇を軽く撫でる。

そして車を路肩に停め、いかにも心配しているようなふりをして顔を覗《のぞ》き込んでくる。直ぐ側には歩道があり、多くの人が行き交っているのに及川は全く気にしない。

「あの、顔……近い……っ」

「君が希望を言えば、これ以上はここではしないよ」

股間《こかん》に手が添えられ、制服のズボン越しに撫でられる。流石に車内を覗き込む通行人はいないが、誰に見られるか分からない状況に夏紀は泣きそうになる。

「……及川さんと……セックス、したい。です」

真っ赤になって呟《つぶや》くと、信じられない言葉が返された。

「もう少し可愛らしいお強請りが聞きたかったけれど、今日は我慢しよう」

「だって、及川さんが言えって……」

「口答えをするのかい？」

艶《つや》を含んだ低い声で囁かれ、全身がぞくりと粟立《あわだ》つ。

「あと十分ほどで着く。その間、昨夜のことを思い出していなさい」

再びハンドルを握った及川の横で、夏紀は俯く。

「っ……」

必死に考えないようにしていたにもかかわらず、その一言で夏紀の中に昨夜刻まれた快楽がまざまざと蘇る。

太く硬い雄に内部を擦られて後孔だけで何度も達しただけでなく、最後には自分から腰を揺らし、及川に強請って淫らな願いを口にした。

恥ずかしい記憶と連動するように、下肢が震え出す。

――考えたくないのに。

込み上げる感覚を抑えつけようとしても、一度感じ始めた肌は敏感になるばかりだ。

せめて自身が半勃ちになってしまったことを悟られないように、夏紀は鞄を抱えて脚と下腹を隠す。

しばらくすると、車はビルの地下駐車場に入り、ゆっくりと停車する。てっきりホテルの玄関先につけると思っていたから、意外に思った夏紀は辺りを見回す。

――あれ。ホテルじゃない？

そこは高級車ばかりが停められている駐車場だったが、明らかにホテルとは違っていた。

「ラブホテルは趣味じゃなくてね。普段使うホテルでもいいのだけれど、君が苦手そうだから自宅にしてみたよ」

昨日は罪悪感で緊張していたけれど、ホテルの雰囲気に呑まれていたのも事実だ。

自分を抱いたのは夏紀への罰だと及川は言っていたから、こちらの気持ちなんて気にしていないと思ってたんだ。

——気がついてたので少し意外だった。

「じゃあここ、及川さんの家？」

「そうだよ。マンションだけど、プライベート重視の作りだから一つのフロアに一部屋しかない。エレベーターも、使用する階の鍵か暗証番号の入力がないと動かない仕組みになっている」

つまり逃げようとしても無駄だと暗に告げられ夏紀は絶望的な気持ちになる。促されて車から降りると、及川の腕が当然といわんばかりに腰へと廻される。

そのままエレベーターに乗り込み、彼が最上階のボタンを押す様子を夏紀はぼんやりと見つめていた。

——……また犯されるのに。どうして言いなりになってるんだろう。

腰を抱かれていても、その腕を振り解《ほど》こうと思えばできるはずだ。

いまなら及川も油断しているだろうから、彼が手にしている鍵を奪うこともできるかも知れない。部屋に入る前に行動を起こせば、まだ逃げる余地はある。

なのに自分は、もう及川に抱かれるつもりでいる。

「ここだよ。自分の家だと思って、楽にしていいからね。今度、合い鍵も渡そう」

「いりません」

玄関に入ると、及川が顔を寄せてくる。

自分の部屋ほどありそうな広い玄関に呆気《あっけ》にとられていたせいで、夏紀は気付くのが遅れた。

抗っても、顎《あご》を捕らえられ強引に上向かされてしまう。

「ん……」

唇が重ねられ、吐息まで貪るような激しいキスに夏紀は翻弄された。舌が絡まり、口内の隅々まで嘗められる。

息苦しくて気持ち悪いはずなのに、いつの間にか夏紀は自分から口を開いて及川の与える愛撫に必死に応えようとしていた。

――まだ昨日の薬が、効いてるのかな……？

ぼうっとする頭で考えながら、夏紀はたどたどしく舌を絡める。

角度を変えて繰り返されるキスに、夏紀は次第に夢中になっていく。恋愛をした経験も、こうして誰かに抱きしめられた記憶もない夏紀にとって及川が与えてくれる快感はたとえ性欲処理が目的でも嬉しいと感じる。

幼い頃から、母親は放任主義だったし、兄たちも家族的な愛情を与えてくれた記憶がない。

「可愛いよ、夏紀」

唇を重ねたまま、及川が囁く。

「……かお、ですか？」

酸欠で思考が上手《うま》く働いていないせいか、夏紀はコンプレックスの一つを口にする。

母はそろそろ四十代半ばだが、二十代と言っても通用するほど若々しく愛らしい。そして父もホスト時代は常にトップで、見目の良い顔をしていたと母が話していた。

そのせいか、夏紀は兄弟の中でも一番目を引く容姿なのだ。童顔で大きな目は上級生の女子に人気があり、付き合わないかと誘われることも少なくない。

でもそれは、夏紀を『男子』として見ているのではなく、あくまでアクセサリー感覚で連れ歩きたいという少し歪んだ欲求が付随しているのを知っている。年相応でないこんな考え方をするようになったのは、たまに家に帰ってきては女の本性とやらを愚痴る母のお陰だ。

そのせいか恋愛経験は皆無なのに、異性の言動からその裏を察せられるようになってしまった。歳《とし》の近い次男に相談してみたが「そのうち慣れて、使い方も分かってくるさ」と面倒くさそうに言われてそれきり。普通なら喜ぶべきことだろうけれど、佐和家の不真面目な部分が凝縮されたこの顔は、夏紀の心を苦しめている。

及川は名残惜しむようにそっと口づけを解くと、まっすぐに夏紀の瞳《ひとみ》を見つめた。

「顔も可愛いけど、一生懸命に応えてくれる姿が可愛いし嬉しく思うよ」

こんなふうに誉められたことなどなかった夏紀は、あくまでリップサービスだと薄々感づいているのに、赤面してしまう。

――馬鹿みたいだ……。

これから始まる行為を盛り上げるための、言葉での愛撫だ。

口説かれ慣れてないから、気恥ずかしくて赤くなっているだけだと、心の中で繰り返す。でも鼓動は確実に速くなり、夏紀はいたたまれない気持ちになってくる。

惨めで泣きそうになっている夏紀に気付いていないのか、及川の手が不埒《ふらち》な動きをした。ズボンの上から中心を握られ、思わず腰が揺れてしまう。

「さ、触らないで下さい」

「もうこんなにしてるのに、そうやって嫌がられても説得力がないな」

深いキスが、夏紀の自制心を崩したのは明らかだった。だが及川はそれ以上夏紀の体を煽らず、抱きかかえるようにしてリビングへと連れていく。

一人暮らしには広すぎるその空間には、モデルルームのような家具が置かれていた。灰色を基調にしたデザイン家具は品がよく、高級品だと一目で分かる。昨日のホテルといい、及川が『暇つぶし』で弁護士をしているというのも、あながち嘘ではなさそうだ。

「今日は、自分で制服を脱ぎなさい」

二人がけのソファに座った及川の前に立たされた夏紀は、それまでとは違い冷徹な眼差《まなざ》しで命じる及川に恐怖を覚えた。

「言うとおりにできたら、悦くしてあげるよ。できなければ……分かるね？」

どちらにしろ犯されるのなら、痛みは少ない方がいい。夏紀はあきらめて頷くと、自ら制服のネクタイを外し、ブレザーを脱いで床に落とす。

男に見られながら肌を晒すのは酷い屈辱感を伴い、先ほどとは別の意味で肌が熱くなる。下着を脱ぐ段階になって、夏紀はいくらか躊躇した。だが無言の圧力に負けて、唇を噛みながら脚から下着を抜く。

一糸まとわぬ姿で及川の前に立つ夏紀は、羞恥で震える。

「さてと、次は君が気持ちよくなれるように、薬を塗ってあげよう」

言うと、及川はポケットから例のチューブを二本出してソファに置く。

——この二本とも、全部入れるの？

一本だけでもすごく感じたのに、二本分も入れられたらどうなるのだろう。怖いけれど、快楽の誘惑と好奇心に夏紀の下腹部が疼く。

「こっちへ来て、私の脚を跨《また》いでソファに乗りなさい」

淫らな命令に抗えず、夏紀は戸惑いながらも従う。

「夏紀は、いい子だね」

「いい子って……昨日もそう言ってましたけど。その言い方は、やめてください。子供扱いされているみたいで、嫌です」

自立した井上の顔が、一瞬脳裏を過る。自分もああなりたくて家出資金を貯めようと決意した筈なのに、どうしてこんなことになってしまったのだろうと唇を噛む。

「気にしているうちは、子供だという証拠だよ」

穏やかに諭され、夏紀は黙った。

及川と向かい合い、バランスを崩さないように彼の肩を摑む。膝立ちの姿勢を取った夏紀は、無防備すぎる自身の姿に赤面した。

「……ぁ」

後孔に、冷たい先端が触れる。封の開いたチューブだと分かり、反射的に入り口に力を入れて拒もうとした。

だが細いそれは浅い部分に易々と進入し、クリーム状のものが夏紀の後孔に押し込まれていく。

昨日は突然のことだったからよく分からなかったけれど、いまは体内に入れられる感触がよく分かってしまう。

「奥にもしっかり、塗り込めないとね」

「んっ……あん、ッ」

クリームとともに及川の指が中に入り、ぐちゅぐちゅと卑猥な音を立てて肉壁を嬲る。

初めて雄を受け入れてから半日ほどしか経《た》っていない内部は、ほどなくあの快楽を思い出した。

「いや、ぁ……そんな、乱暴に…しないで……」

物欲しげに蠢く内部を弄られ、腰が揺れてしまう。

指ではなく、彼の雄で熟した内側を擦られたくてたまらない。

「体が私を覚えてしまったみたいだね」

「だってクスリが……あんっ……」

「そんなに甘い声で誘えるなんて、いやらしい子だ」

逃げたいと思う気持ちはとうに消え、夏紀は彼の与える愛撫を貪っていた。

「本当に、感じやすい肌をしているね」

「っ」

乳首を嘗められて、夏紀はびくびくと背を反らす。すると胸を彼へ押し付ける格好になり、かあっと頬が熱くなった。

「夏紀は全身が敏感だね。今日からは本格的に、教育してあげよう」

「そんな……」

「君だって、喜んでいるじゃないか」

指を動かされて、夏紀はそれを締め付けてしまう。すると薬と内壁が擦れて、卑猥な音が体の内側から響く。

——及川さんの、せいなのに。

チューブ二本分の薬をすべて体内に塗られた夏紀は、及川の肩に縋ったまま弱々しく首を横に振る。

「……薬と、及川さんが……ぁっ、あ…」

「私がどうかしたのかい？」

ジッパーを下げる音を聞いただけで、これから与えられる快楽を想像して夏紀は喘いだ。

後孔に先端が触れただけで内股《うちまた》が震える。

「っく…ぅ…あ、はやく……」

内股に彼の熱が当たっただけで、腰の疼きが激しさを増した。

まだ射精していない夏紀の自身は反り返り、鈴口にははしたない蜜が玉になって浮かんでいる。

――奥が…熱くて、勝手にびくびくしてる……。

自慰経験が少ない夏紀にとって、急激に変化していく体は怖く感じられる。

「……及川さん…僕の体、これからどうなるんですか？」

「セックスなしでは、生きていけなくなるだろうね。昨日何度もしたせいで、もう君のココは私の雄に随分馴染んでしまっている」

「そんな……」

「君が望んだことだよ。本当はもっと全てを忘れてしまうような、強い快感に浸っていたいんだろう？」

獲物を前にした肉食獣の眼差しに、背筋がぞくりと粟立つ。

「ちがい、ます」

「嘘はいけないな、夏紀。君がもっと素直になれるように、私がゆっくり開発しよう」

一時期だけの遊びではなく、及川は自分をこれからも玩具《おもちゃ》のように扱う気でいる。逃げなくてはと理性が警告するけれど、疼く体は言うことをきかない。

薬で滑る指が、夏紀の後孔を広げた。及川が片手で腰を抱き寄せて、屹立《きつりつ》した欲望の先端を強引に後孔へ含ませる。散々弄られた入り口は、肉の悦《よろこ》びに震えながら雄をくわえ込んでいく。

「や、挿っちゃ……あ、ぁ…」

一際張り出した部分が入り口を通過すると、いきなり及川は抱いていた手を離す。支えを失った夏紀は、そのまま自重で雄の上に座り込んでしまった。

「ぁ、ッ……許して、こんな…深すぎる…っ」

「薬が効いているとはいえ、夏紀は素質がある。薬を使う必要はなかったかも知れないな」

口の端を僅かに上げる及川に、酷いことをされているにも拘《かか》わらず夏紀は一瞬見惚れてしまう。欲情した雄の眼差しに、内部が悦びを表すみたいにひくりと震える。

――どうして……無理矢理、セックスしてるのに。こんな人、嫌いなはずなのに。

追い詰められた獲物みたいに震えることしかできない夏紀を、及川が言葉で追い詰める。

「君には、男を虜《とりこ》にする素質もあるようだ。教育の仕方によっては、誰でも銜え込んでココだけで生活できるようになるだろうね」

「……そんな、こと……ない」

「真実を指摘されると、人は否定するものだ」

痙攣する縁をなぞられて、夏紀は軽く上りつめた。鈴口に溜まっていた精液が幹を伝ってこぼれ落ちたが、射精には至らない。

焦れったい快感だけが蓄積され、夏紀はもどかしげに身を捩《よじ》る。

「僕、及川さんの言うとおり……やらしいのかな……んあっ」

両方の乳首を弄られて、びくんと背を反らす。

薬のせいもあるけれど、快感に溺れている自分が怖い。

「もう夏紀の体は、私を覚えてしまったようだね。きっと女性は抱けないだろう」

「そんなの、酷いよ……」

「自分から望んだことを棚に上げて、私を責めるのかい？」

「…っ…ごめんなさい……ぁ…ひ…ッ…も、許して……せめて、薬だけでも、なんとかして」

胸を強く抓《つま》まれ、夏紀は震えながら謝罪する。

及川の雄に貫かれ、薬まで使われたこの状態で反論などできるはずもなかった。絶望的な思いで、夏紀は彼の肩に縋りつく。

「そうだね……しばらくの間、私の愛人になることを承諾してくれたら、薬の中和剤をあげてもいい」

「……本当ですか？」

「君の体が薬なしで私に感じてしまうようになるか、中和剤が効いて薬が体から抜けるか。体質はそれぞれだから、どれだけの期間で治るかは分からないと先に言っておこう」

既に体は、及川の与える快感に嵌まっているも同じだ。それでも希望があると教えられ、縋らずにはいられない。

夏紀は及川の提案に、深く考えもせず頷いてしまう。

「物分かりのいい子は大好きだよ。君はこれから、私の愛人だ。分かったね？」

「…はい……っ」

——この間まで、自分でしかしたことなかったのに。

たった二日で雄の与えてくれる快楽を覚え、さらには愛人という名の性欲処理道具にされるなんて、想像すらしていなかった。

至近距離にある及川の顔は、夏紀を貫く熱い屹立とは反対にひどく冷めている。

「中和剤は、使った媚薬の分と同じ量を後で渡すから。家に戻ってから塗りなさい」

「分かりました」

腰に添えられていた手が背筋を這い上がって、夏紀の頰を包み込む。そして幼い子供へ言い聞かせるように、及川がゆっくりと告げる。

「君は私だけのものだ。何があっても、絶対に私以外の相手とこんなことをしてはいけないよ」

愛人なのだから、彼の命令は尤《もっと》もだ。でも我《わ》が儘《まま》な子供を諫《いさ》めるような口調に、戸惑いと違和感を覚える。

「夏紀」

返事を促されて我に返った夏紀は、素直にこくりと頷く。

「わかりました」

「駄目だよ、夏紀。自分の立場を言いなさい。自分で考えて、言葉にするんだ」

「……僕、及川さんの愛人になります」

「足りないな」

もっと恥ずかしい誓いを、夏紀自らに考えさせ言葉にさせる気なのだ。羞恥で顔が真っ赤になるけど、逃げることはできない。

「及川さんとだけしか、セックスしません……」

「私が命じたら、君は何処《どこ》でも脚をひらかなくてはいけない。どんな行為にも、拒否する権利はない」

「……はい……」

絶望的な思いで頷くが、更に及川は夏紀を追い詰める。

「いい子だ。それじゃあ夏紀、私の愛人になる証《あかし》としてキスをしなさい」

「――佐和夏紀は、今日から……及川さんの、愛人になります……っ」

恥ずかしい誓いの言葉を口にして、夏紀は羞恥の涙を浮かべながらも必死に平静を装い口づける。

行為だけなら、恋人同士のような甘いキスだけれど、これは愛人として契約した証の口づけだ。

その証拠に、及川は唇を離すと卑猥な問いかけをする。

「入り口と奥、どちらがいい?」

質問の意味は分かったから、夏紀は少しだけ迷ったあと頬を染めて呟く。

「……おく…奥に…かけて、欲しいです」

挿入されたまま、軽い口づけと乳首への愛撫しか受けていなかった体は、もう限界だった。疼く内部は断続的に痙攣し、雄の射精を促すような動きを繰り返している。

「我慢できないから……お願い……」

「夏紀は本当に、淫乱だね。私がしっかり躾《しつ》けないといけないな」

及川と会うのは、今日で二回目。初めての日も散々嬲られたとはいえ、夏紀はセックスを知ったばかりだ。

それも挿入される側での、性交。

なのに体は奥への射精を強請っているのだから、淫乱と言われても仕方がない。

「膝を曲げて、もっと脚を広げなさい」

言われるまま、夏紀は限界まで脚を開いた。これ以上は入らないと思っていた雄が、狭い肉襞《にくひだ》を分け入ってくる。

「んっぁ」

ぐちゅりと音がして、屹立が奥を突く。いくら感度がよくても、昨日開発されたばかりの体には流石に負担が大きくて、鈍い痛みを感じて息を詰めた。

行為に慣れていない体には、いくら薬が使われているとはいえそれなりの負担がかかる。

けれど夏紀は、深くまで及川を受け入れることに確かな悦びを覚えていた。愛人扱いでも彼が自分に欲情し、欲しているという事実がどうしてか嬉しく感じる。

――性欲を処理する愛人扱いされてるのに、嬉しいって思ってる。

雄を受け入れて感じるなんて、兄たちが知ったら呆《あき》れ返るだろう。薬を使われたと言っても、現実として性器を挿れられてよがり淫らに腰を振っている。

それも単なる援助交際ではなく、自分は及川の愛人になることを受け入れてしまったのだ。知られたら佐和家の恥だと罵倒《ばとう》されて、家を追い出されるに決まっている。

――もう、戻れない。

高校を卒業したら、今までの学費を翠に返して家を出ようと、夏紀は決意する。そして及川に飽きられたら、彼の言うとおり体を使って生活すればいい。

投げやりな考えだけれど、今の夏紀には他の選択肢が見つけられない。

「どうしたんだい、夏紀。泣きそうな顔をしてるよ」

「ごめんなさい。なんでもないから……及川さん？」

強く抱きしめられ、夏紀は目を見開く。

「夏紀、中が痛むかい？」

問いかけに、真っ赤になりながら首を横に振る。

すると及川の手が、そっと夏紀の背中を撫でた。

「気持ちいいことだけしてあげるから、難しいことは考えないで楽にしていなさい」

「……うん」

子供扱いは嫌だと言ったのに、今は及川が甘やかしてくれることが嬉しくてたまらない。愛人らしくないと頭では分かっていても、夏紀は及川の首筋に頬をすり寄せる。

「……気持ちよく、して…ください……それと、及川さんも…気持ちよくなって……あ、ンッ」

腰を大きく廻され甘く喘ぐと、すぐに激しく突き上げられる。立て続けに内部を強く抉られて、夏紀は悲鳴に似た嬌声《きょうせい》を上げた。

「だめっ…イく……」

堪えきれず射精しても、及川の抽挿は止まらない。敏感になった内壁を満遍なく擦られて、緩い絶頂が続く。

「おいかわ、さん……も…やめ、て……いや、ぁ……」

嬌声には、次第にすすり泣きが交じり始める。

夏紀は懸命に懇願して、この甘い拷問を止めようとするけれど、及川の屹立は律動を繰り返した。

「君の中は、嫌がっていないようだけど？　こんなに吸いついて、食い締めて。淫乱な子だ」

「だって…ずっと、いって……あ、っ…ああ……ん、く」

及川の手が夏紀の腰を掴んで、固定する。そして最奥《さいおう》に先端をぶつけると、大量の精液を流し込んだ。

その熱と粘り気にまで感じた夏紀の先端から、薄い蜜液がはしたなく零れる。

「…抜いて…も、だめ……だめだからっ…ゃん…」

射精してもまだ芯の硬い及川の雄は、嬲るように内壁をゆっくりと擦りはじめた。

——飽きられる前に、壊れそう……。

的確に感じる部分を責めるカリに、夏紀は吐息のような悲鳴を零しながら、及川の上で身をくねらせる。

無垢《むく》なままで激しいセックスを知ってしまった夏紀は、ただ及川の愛撫に翻弄されるしかなかった。


授業中、夏紀はブレザーの上から胸ポケットに忍ばせてあるスマートフォンに触れる。

愛人としての契約をした数日後、及川が『呼び出し専用に』と買い与えてくれたものだ。

だからこのスマートフォンには、彼の番号しか登録されていない。さすがに今は、着信を最小のバイブ設定にしている。

これが鳴ったら、夏紀は彼の指定した場所へ行かなくてはならない。

そして求められるまま、体を差し出す。

——及川さんて、淡泊そうに見えるのにな……。

呼び出されると、深夜まで及川に貪られる。

ふと彼との性行為を思い出して、夏紀は真っ赤になる。夏紀が数回達しても及川の雄は硬いままで、一度の射精も長いのだ。

感じることはできても性的な行為にはまだまだ疎い夏紀は、及川にされるまま絶頂を繰り返し強制的に快感を持続させられてしまう。

ゴムをつけずに中で出されるので、終わる頃には夏紀の下半身は精液でぐっしょりと濡れそぼっている。疲れきって動けない夏紀を、及川がバスルームへ運び洗ってくれるのだ。恥ずかしくてたまらないけれど、他に方法がないので仕方なく従っている。

けれど後孔に指を入れられ精液を掻き出す行為は、敏感になった内部にさらなる刺激を与えることとなり、結局バスルームでもセックスをしてしまう。

愛人として務めるために自慰は禁じられてるけれど、とてもそんなことをする体力はなかった。

及川とセックスをした翌日は、体育の授業をこなすのも疲れ切った体ではかなり辛い。

――今日は、呼ばれるのかな？

この三日ほど、及川は仕事が忙しいらしく携帯は鳴っていない。彼の興味を引く仕事が入ったのだろう。

企業間の揉《も》め事に関わることが多いと話していたのを、夏紀は思い出す。しかし会社も大抵は、顧問弁護士を置いている筈だ。

それでも及川に頼らざる得ないというのは、彼の能力が高く人脈も多いことを示している。

部下へ的確に指示を出し颯爽《さっそう》と仕事をこなす及川の姿が、簡単に想像できた。するとほっとしたような寂しいような、複雑な気持ちが夏紀の胸を過る。

——僕……呼び出されるの待ってるみたいだ。

ノートの上に突っ伏していると、顔を隠すように立てておいた数学の教科書が退《ど》かされた。

教師に気づかれたかと思い慌てて顔を上げると、前の席に座るこのクラスで唯一仲の良い友人である大越智音《おおこしともね》が肩をすくめて笑っていた。

「授業、終わったぜ。夏紀」

慌てて周囲を見回すと、いつのまにか授業は終わっておりクラスメイト達は次の授業の準備を始めている。

「どうしたー、最近元気ねえじゃん。優等生の夏紀が授業中に寝るなんて、一大事だぞ」

次の現国の授業が終われば、部活のない者は帰宅できる。

そう考えただけで、下腹部がじわりと熱を持つ。

——これも、あの薬のせいなのかな？　遅効性……って言うんだっけ。

ネットで調べた知識だから、及川の使う薬に当て嵌まるかは分からない。それでも長時間にわたって影響を及ぼしているのは事実だから、ゆっくりと浸透していくような作用があるのかもしれない。

疑問が浮かんだ瞬間、夏紀は淫らな熱を抑え智音に問いかけた。

「あのさ、こんなこと聞かれるの嫌だと思うけど……相談できるの智音だけだから……」

「気にしないで言えよ」

笑う智音は、地元ヤクザを一手に纏める組長の末息子だ。正しくは愛人の子だと、以前あっけらかんとした顔で教えてくれた。

制服をきっちりと着込み、髪も染めていないので、外見からその素性は窺えない。夏紀と同じく顔立ちが幼く背も低いが、環境のせいか時折高校生らしくない厳しい表情を見せることもある。

とはいえ、短く切りそろえた髪と滅多に絶やさない笑顔のお陰で、素性を知らない相手からは『何処にでもいるスポーツ少年』という評価がつくのだが、本人はヤクザらしくない容姿が気に入らないらしい。

本当は髪を金に染めたいらしいのだけど智音曰《いわ》く『両親がとても厳しい』ので、校則は絶対に守るよう言いつけられているとのこと。校内だけでなく外でもトラブルを起こしたりはしないから、今の夏紀より余程優等生である。

けれど人の目というのは偏見に満ちているから、親がヤクザである智音は腫《は》れもの扱いされていた。

そして夏紀も家庭の事情が複雑だとどこからか噂《うわさ》になり、自然とクラスでは浮いている。温和な雰囲気と容姿のお陰で智音ほどあからさまに避けられてはいないが、見えない壁は感じていた。

そんな二人が親友になるのに時間はかからず、互いに悩みなどを打ち明ける仲になっていた。

「えっと……危険ドラッグ？　っていうのかな……どんな種類があるのか知りたくて」

声を潜めた夏紀に、智音がそれまでの笑顔を消して先を促す。夏紀は自分が使われているということを隠して、及川の持っている軟膏《なんこう》の効能を伝えた。

「媚薬、なのかな？……使われるとすぐ感じるようになる薬なんだけど、本当にあるのかな？」

「そんなにガッツリ効くなんて、相当強い薬だろうけど……聞いたことないな。うちの父さん、昔気質《かたぎ》で薬なんかのヤバイものは扱わないから、この辺で売買してたらすぐに組の連中に捕まるぜ。でもどうして、夏紀が薬の話なんかするんだよ」

厳しく育てられた智音は意外に真面目なので、薬を使われ愛人をしているなんて言えない。

「夏紀は一般人なんだから、興味本位で裏の世界に首を突っ込むなよ」

そう釘を刺されるが、すでに遅い。

「もしかして、前に話してた井上とかいう友達がヤッてんの？」

言葉を濁した夏紀に、智音が詰め寄る。

「ううん、違うよ。その……流行ってるって、井上から聞いてて。すごい薬があるんだなーって、思っただけで……」

「今は変な薬が合法って名目で出回ってるから、そいつにも気をつけるように言っとけよ」

内心、井上に謝る。

援交を紹介したのは井上だが、薬のような危険物を使われているのは夏紀の方だ。もし及川の名を出せば、智音は親身になって愛人から解放されるように行動を起こすだろう。

けれどそれは、淫らな自分の本性を知られることにも繋がる。

「ったく好奇心だけで、突っ走るんじゃねーぞ。夏紀はおっとりしすぎてるから、心配なんだよな」

「平気だって……ッ」

内側の胸ポケットで、ケータイが一度振動した。

――呼び出しだ。

久しぶりに及川に抱かれるのだと考えると、薬を使われる恐怖よりも快楽への期待が強く夏紀の心を支配する。

「あ、あのさ。今日も井上たちと遊ぶ約束してるから、智音の家に泊まってることにしていいかな？」

「それはかまわないけど。最近泊まりばっかりで、大丈夫なのか？　夏紀の家って、兄さんとか厳しいんだろ」

「どうせ僕のことなんて、家族の誰も気にかけないよ」

最近、頻繁に出かけているにもかかわらず、兄たちは何も聞いてこない。真面目に高校へ通ってさえいれば、問題ないと考えているのだろう。現に『智音の家に泊まっている』と留守電に入れておけば、携帯に確認のメールすら来ないのだ。静流の試験明けと重なったのも幸いして、真美のお迎えは頼めば引き受けてくれるから罪悪感は少ない。

「家にいたくない気持ちは分かるぜ。俺は兄貴と仲は悪くないけど、気まずくなる時もあったし。でもあんま変な連中とつるむなよ。って、俺が言っても説得力ないな」

今は母と二人暮らしの智音だが、一時期は父の家に身を寄せていたと聞いている。組長の実子と言っても、愛人の子だと周囲には知られていたので、それなりに苦労したらしい。

苦笑する智音に、夏紀はしゅんとして頭を下げる。

「アリバイに使って、ゴメン」

「それはいいけどさ。もしも何かあったら、一人で悩むなよ」

智音だって複雑な生《お》い立ちだけれど、ひねくれることなく真面目に学生生活をこなしている。一方自分は、家出のお金欲しさに盗みに失敗し、挙げ句に薬を使われて男の愛人にされてしまった。

——本当に、僕って最低で馬鹿だよな。

いくら智音でも、夏紀のしていることを知ったら、軽蔑《けいべつ》するだろう。智音の存在が心の支えでもあるから、夏紀は兄たち以上に、彼には嫌われたくないと思っている。

なのに最近、心が奇妙な変化を始めていた。及川に抱かれるたび、彼への執着が強くなっているのだ。初めは、薬を使った強烈な快感が忘れられないだけと思っていた。

だが行為のあと、必ずキスをして夏紀が落ち着くまで抱いていてくれる及川に、少なからず恋心に近い感情が芽生えてきている。

時には夏紀の家庭事情や、兄たちでさえ聞いてこない学生生活の他愛ない話にも耳を傾け、まるで本当の家族のように笑ったり喜んだりしてくれる。

――どうせ暇つぶしだって、分かってる。仕事だって『暇つぶし』なんて、言い切る人だし……大体及川さんみたいな立派な人が、本気で僕なんかの話を聞いてくれてる訳がない。

よくないと思うけど、この関係の解消を切り出せないのはそのせいだ。

本当に嫌なら、警察に行けばいい。薬だって兄に相談すれば、事情に詳しい医者を探してくれるだろう。薬が抜けた後は勘当されるだろうけど、今の状態で追い出すほど翠も非道な人間ではない。

――でも……。

セックス目的とはいえ必要とされたのが嬉しいし、なにより行為の間、自分だけを見てくれる及川と離れるなんて考えたくない。

親友である智音とは違う安心感を、彼は与えてくれる。

「……どうしても困ったら、ちゃんと相談するから」

「分かったよ。お前の兄さんから電話あったら、上手く言っておくから安心しろよ。でも本当に、危険なことだけはすんなよな」

真摯に心配してくれる智音を、自分はすでに裏切っている。

そして脅されているからという理由を盾にして、及川との関係を続けているのは自分の責任だ。

溜息《ためいき》をつくと同時に、六限目のチャイムが鳴る。

この授業が終わったら及川のところへ行けるのだと思うと、なぜか鼓動が速くなった。

メールに書いてあった駅へ向かうと、すでに及川はターミナルの端に車を停めて待っていた。いつものように彼の車に乗り込めば、すぐマンションへと走り出す。

――及川さん、僕みたいなの相手にして楽しいのかな？

車の中で、夏紀は必要以上のお喋りはしない。

だから彼のマンションに到着し、寝室に入ってからおずおずと問いかける。

「あの……いまさらなんですけど、愛人て具体的に何をすればいいんですか？」

「どうしたんだい、急に？」

「……セックスだけで、あんな大金を貰うなんて。それに僕、及川さんにしてもらってるだけで、自分からはその……上手くできないし」

互いの服を脱がせ合いながら、疑問を口にする。恥ずかしさはあるものの、行為自体には大分慣れてきていた。

「他の人はどうか知らないけど、高すぎると思って……」

彼と夜を過ごすたびに、必ず十万ほどを渡される。マンションへ帰る前に食事をすることもあり、時には及川の都合でホテルを使う日もある。

夏紀が帰宅する際には『疲れているだろうから』と必ずタクシーを呼び、それらはすべて及川が支払いをしていた。

食事やタクシー代だけでも相当な金額となるはずなのに、さらに十万もの金を渡されれば、流石に夏紀も心苦しくなってくる。

これがセックスを仕事としているのなら問題ないだろうけど、愛人とはいえ夏紀は素人《しろうと》だ。とても金を貰えるような技術などなく、未だにベッドでは及川の指示がないとどうすればいいのか分からない。

何度か支払額を低くしてほしいと頼んだけれどそのたびに『お金はあって困るものではないし、すぐ使わないなら貯金すればいい』と、論点をはぐらかされてしまう。

薬の中和剤を手に入れるという目的もあるが、真面目な夏紀は金を渡されているせいか、愛人としての仕事をこなさなければという妙な使命感が芽生え始めていた。

すでに家出には十分すぎるほどの資金は貯まっていたけれど、夏紀は受け取った金はすべて自室のクローゼットに隠している。

こんな形で受け取ったお金は、なんだか怖くて使えないのだ。

「僕は、特別なことができるわけじゃないし。もう何度もしてるのに、及川さんにさせてばっかりだから」

セックスの経験がない夏紀は、今でも及川にリードされっぱなしだ。

ただ相手からの愛撫を待つなど、男でも女でも嫌われる傾向が強いと雑誌で読んでから、余計に気になっていたのだ。

「私は君の価値に見合った金額を渡しているだけだから、そう気にすることはないよ」

「僕の価値？」

聞き返すと、及川が夏紀の額に口づける。

「君はとても素直で、いい子だ。体の相性が良いのも勿論《もちろん》だけど、私は君の性格を含めてすべてを気に入っている。本当は今渡している金額でも少ないと思っているんだよ」

「そんな……僕には十万円だって、もったいないです。価値なんて……ないから」

「困った子だね。主人の誉め言葉は、素直に受け入れなさい。けれどそうだね。気になるなら今日はちょっと特別なことをして貰おうかな」

及川が苦笑しつつ、夏紀の背を指で撫でた。嫌な予感がしたけれど、彼が自分に『価値のある行動』を求めているのなら抗えない。

「なんですか？」

「この間のように、自分で服を脱ぎなさい。けれど前回よりもゆっくり脱ぐんだ」

羞恥を煽る命令に、夏紀は真っ赤になって俯く。散々痴態を見られていても、慣れはしない。しかし今更嫌だとも言えず、ソファに座った及川の前に立ち制服を脱ぎ始めた。

——大丈夫、気にしない……。

必死に言い聞かせても、ボタンを外す指が震えてしまう。そんな夏紀に、及川は意地悪な質問を投げかけてきた。

「夏紀、君が好きな体位は？」

「えっ」

「答えなさい。手は止めては駄目だよ」

真っ赤になって硬直する夏紀は、必死に声を絞り出す。

「……仰向《あおむ》けで、及川さんが……上から抱きしめてくれるのが、好きです」

「それは正常位と言うんだよ。次の質問だ、入り口と奥のどちらが感じる？」

辱めるための質問に、夏紀の目尻に涙が浮かぶ。

「っ……わかりません」

「君の性的な技術が十万に満たないから、こうして対価分の遊びをしているだけだが」

「……おく、が……感じます」

制服と下着を脱ぎ捨てる間、夏紀は更に幾つかの質問をされた。それらは全て、性的な恥辱に満ちたもので、最後には立ったまま自身を擦って答えるようにとも言われる。

「及川さん、もう許して」

「そうだな。これで今までの分は十分補塡《ほてん》させてもらったよ。よく頑張ったね夏紀」

意地悪で恥ずかしい質問を投げかけていた時とは違い、一転して優しい表情になった及川が生まれたままの姿になった夏紀を手招く。

「君は純粋すぎる。そして心とは反対に、体は酷く淫らだ。私好みで益々《ますます》手放したくなくなったよ」

「ぁっぁ」

半ば勃起した前を弄られ、膝が震えた。

「及川さん……僕……」

そしてまだ解《ほぐ》されていない後孔に、そっと触れる。言葉で虐められ自分でも気付かないうちに興奮していたそこは、及川の指があてがわれただけで物欲しげに痙攣してしまう。

「いい子だね、夏紀」

セックスを始める合図だと分かった夏紀はおとなしくベッドに乗り、仰向けに横たわる。

そして彼の指を受け入れやすいように膝を立て、頬を染めながら脚を開く。

「私と会わなかった間、一度も触れていなかったみたいだね」

「はい……あの、また薬……使うんですか？」

「そうだよ。まだ君の体は、薬なしでは負担が大きいからね。中和剤はいつものように、セックスが終わって精液を洗い流してから塗ってあげるから安心しなさい」

サイドテーブルには、見慣れたチューブが数本置かれている。

その日の気分によって、及川は夏紀の中へ塗る量を変えるのだ。

嫌だけれど、愛人となった以上受け入れるほかにない。

「っ…ンッ、ぁ」

チューブの先が挿入されただけで、夏紀ははしたなく喘いでしまう。

薬が与える快感を覚えた体が、歓喜して火照りだす。

——……三本……え…四本も、入れるんだ。

体温で溶けた薬が零れないように、及川が指を使い奥まで塗っていく。特に前立腺のあたりはしつこく弄られ、夏紀は指の腹で押されるたびに甘い悲鳴を上げた。

「ゃ…あっ……あ……ん…及川さん、て……悪い薬の、売人もしてるの？」

「違うよ」

及川が笑って、否定する。

これだけ非合法の薬を持ち、金を湯水のように使うのだから、悪い仕事でもしているのではと疑ったのだ。

けれど及川は、正直に答える気などないらしく、小さく笑いながら夏紀の後孔と胸を弄る。

「あ、胸と…なか……両方は、だめっ……ひっ」

「感じやすい肌だね。もっとセックスに慣れたら、胸を弄られただけでイけるようになるかもしれないよ」

「…いや、ぁ…」

目尻に浮かんだ涙を、及川が唇で拭《ぬぐ》ってくれる。

「可愛いよ、夏紀」

強引で体だけの関係だけれど、二人きりのときは自分だけを見てくれている。それが嬉しくて、夏紀は自分から強請るように薄く唇を開いた。

キスの仕方は以前よりも上手くなっているから、今は息を詰まらせずに深く舌を絡ませることもできるようになった。

淫らな行為を覚えるたびに、及川は夏紀を誉めてくれる。そして『ご褒美』として、夏紀の肌を隅々まで可愛がってくれるのだ。

すっかりとろけた後孔に、雄の先端があてがわれる。

「んっ……待って、及川さん」

伝えておかなければならないことがあったと思い出して、夏紀は腰を抱く及川の手を掴む。彼に貫かれたら、とても理性など保っていられない。だから、真面目な話は今伝えなければならないのだ。

「なんだい？」

「今日は十二時までに、帰っていいですか？」

今まで夏紀は、帰宅時間を指定したことなどない。

だから及川も不思議そうな視線を返す。

「明日から、妹のお弁当当番なんです。僕は要領悪いから、早く用意しないと間に合わなくて」

真美は両親が離婚してからも、通う幼稚園は変えていない。家から通える距離だったというのもあるが、わざわざ転園して環境を変えてしまうことに夏紀と静流が反対したことが大きい。

しかし翠は真美を引き取る際に『真美の世話には限界があるから、給食のある幼稚園に転園させろ』とかなり渋った。

しかし珍しく静流も夏紀の意見に賛同してくれて、結局二人が週替わりで真美のお弁当を作ることで翠と話がついた。

先週のお弁当の当番は静流だったので、帰宅時間を気にしなくても良かったのだが、明日からは夏紀が用意をしなくてはならない。

――及川さん、許してくれるかな？

自分は、所詮《しょせん》愛人だ。だから及川が駄目だと言ったら、従わなくてはならない。

「……駄目なら、せめて朝の五時には帰らせて」

「それはかまわないよ。事情があるなら、早く言いなさい」

答えにほっと息を吐くと、及川が夏紀の髪を梳《す》きながら首を傾げる。

「気になっていたんだが、君は私との関係を家族や友人に相談していないのかい？」

脅しのような口止めをしたのは彼なのに、その妙な質問に内心、夏紀は小首を傾げた。

「僕じゃなくて、家のことを心配する家族だから、何も言ってないです」

嘘ではない。

実家と関係がなくなっているとはいっても、世間から母は所謂『良家の出』として見られており、長男の翠は一番その立場を気にしている。

静流はどちらかといえば面倒そうだが、これといって問題を起こしたことはない。

「友達には？」

「いるけど……相談なんてしたら、迷惑がかかるから」

ある意味、智音に助けを求めるのが一番手っ取り早い解決の道だ。ヤクザの息子だけれど、一般的に不良と呼ばれるグループとは一線を画している。

困っていると相談すれば、智音は必ず夏紀の力になってくれる。だがそれは、ヤクザの力を借りるという意味になるので、穏便には済まないだろう。

愛人の子で、正妻には子供もいるから跡目争いからは外されているといっているけれど、一度裏の力を借りれば、表の世界に戻るのは容易ではない。それは智音の人生を潰し、及川もそれなりの制裁を受けることに繋がる。

確かに及川は酷い人だけど、脅し返すような真似はしたくなかった。

「巻き込むの嫌なんです。それに、これは僕の問題ですから」

愛人としての務めを果たせば、及川は薬の中和剤をくれる。

理不尽な取引かもしれないが、夏紀としては自身への罰という意味も含めてそれなりに納得はしていた。

「君はいい子だね」

「え?」

及川の考えが分からず、夏紀はきょとんとして目を見開く。

「私が君くらいの歳の頃には、もっとひねくれていたよ。それにこんな酷い条件で君を囲う大人に、仕返しをしたいとか考えないのかい?」

「及川さんがひねくれてたとか、そんなふうには見えません。あと僕は、仕返しとかってなんか嫌なんです」

基本的に誰かを恨んだり、怒ったりすることが苦手なのだ。一時的な怒りはあっても、持続しないという方が正しい。

物心ついた頃から、夏紀は相手を恨むより自分が悪いのだと考えて穏便に済ませた方が、生きていく上で楽だと考えるようになっていた。特に翠や静流と三人で生活するようになってからは、二人が生きる上で自分の存在が邪魔になると気づき、できるだけ自己主張は控えている。

「高校に知られたら確実に退学だし……だからこれからも、誰にも相談しません。どうしても話さなくちゃいけなくなったとしても、及川さんの名前は出さないから安心して下さい」

おそらく及川も、この関係が表沙汰《おもてざた》になることは少なからず警戒してるに違いない。

だから夏紀はそう約束したのだが、なぜか彼は眉《まゆ》を寄せて黙ってしまう。

――どうしたんだろう？

「夏紀……」

「はい……ッあ……」

いきなり雄が突き込まれ、夏紀は背を反らす。

薬で解れた内部に、硬い雄が嵌められていく。待ち望んだものに擦られ歓喜する肉筒が、何度も彼の雄を締めつけた。

「ぁ……あ……いい、の……きもち、い……あ…ぅ」

「君にも多少の問題はあるけど、一番悪いのは家の環境だな」

「…おいかわ、さ…？　…ああっ」

開発されて膨らんだ前立腺を擦られ、夏紀はひくりと震える。勃ち上がった自身が及川の腹筋にあたり、さらに感じてしまう。

「もう暫《しばら》くは、君を愛人として私の所有にしておくよ。でないと君は、何をするか分からないからね」

及川の言葉の意味が分からなかったけれど、内側から広がる快感に何も考えられなくなる。喘ぎながら彼の胸に縋るのが精一杯で、夏紀は激しい抽挿に泣き乱れた。

「あ、いや…ぁ……こわれ、そ…う…ッ……あっ」

「君は一度、壊れた方が楽になるかもしれないね。私とのセックスだけがすべてになって、煩わしいことを忘れてしまえばいい」

恐ろしい誘惑の言葉に、夏紀は息を呑む。怖いと思ったのは、頷いてしまいそうになった自分を自覚したせいだ。

けれど内部を擦られ、抉るように腰を廻されると、及川の言葉さえ快楽の波に消されてしまう。

深い愉悦の中、夏紀はただ甘く鳴き続けた。

数日後の夜、自宅で宿題をしていた夏紀の携帯電話がメールを受信した。スマートフォンではないので及川からの呼び出しではないと分かっていても、心のどこかで期待してしまった自分を嫌悪する。

複雑な思いで、夏紀は内容を確認する。

——井上だ。そういえば、一ヶ月くらい経ったら連絡する約束だったっけ。

様子を気にする文面に、夏紀はこの一ヶ月の出来事を思い出して赤面した。及川の愛人になってから、そんなに過ぎていたのだと自分でも驚く。

男を受け入れて感じる薬と、それを中和する薬を交互に使われているが、体は相変わらず及川を求めて疼いてしまう。

もう中和剤も効かないのかと時々不安になるが、夏紀には確かめようもない。

少し考えてから、夏紀は以前教えてもらった井上の番号にかけてみた。

「連絡遅れて、ごめん」

『いいって。それよりどうだ、上手くやれてるか？』

「うん……」

『まさか、ヤバイ相手に当たったのか？』

言い淀《よど》んだ夏紀から不穏なものを感じたらしく、井上の口調が変わる。

「ヤバイっていうか……専属の相手ができたんだ」

『専属？　愛人契約でもしたのかよ？』

「まあ、そんな感じ。この一ヶ月は、ほとんど毎日会ってるし……」

そんな感じではなく、そのものだが、はっきり言うのは憚《はばか》られて夏紀は適当に言葉を濁す。

——なんて説明しよう。

『紹介しろよ。そんなしょっちゅうヤッてて、纏まった金を出してくれるんだろ』

「そうだけど……」

ケータイ越しにも、井上のテンションが上がったと分かる。

なんだか嫌な予感がして、夏紀は電話を切る口実を探すが、それより先に井上が怒鳴るように話してくる。

『今、ちょっと金に困っててさ。確実に払ってくれる顧客を探してたとこなんだ！　そんなイイ客、独り占めするなよ。素人のくせにズりぃぞ！』

「落ち着いてよ井上。そんなこと言われてもお前が思ってるみたいに、いいことないって。だって僕、薬使われて離れられないようにされてるんだから」

『へー、薬ヤッてんのか。その客からタダで貰えんの？』

「冗談で言ってるんじゃなくて、本当なんだよ！」

軽い口調に、夏紀は苛立《いらだ》つ。

いきなり薬だの愛人だのと話したところで、あまりに突拍子もないことだから、大げさに誇張している程度にしか思っていないのだろう。

「ともかく、井上まで巻き込めないから。この間の話はなかったことにしてよ。やり方教えてくれたのは井上だけど、よくない相手に捕まったのは、僕が悪いんだから」

そう言いながらも、夏紀は心の隅で及川との時間を他人に取られたくないと考えている自分に気づいていた。

もし井上に紹介したら、及川は別の相手を選ぶ可能性もある。

——狡《ずる》いよな。及川さんに対しても、井上に対しても酷いこと言ってる。

及川をまるで悪人のように言いながらも、他人に取られるのは嫌なのだ。この矛盾する汚い気持ちが心の中で膨れ上がっていく。

『……バカ言うなって、俺たち親友だろ。チームのリーダーに相談して、助けてやるよ。だからソイツのとこ、連れていってくれよ』

「心配してくれて、ありがとう。でもやっぱり無理だよ……ごめん」

携帯の向こうで井上が何か叫んでいたが、夏紀は一方的に通話を切り電源を落とした。


「たまには、違う場所へ行こうか」

下校途中、いつものように車で迎えに来た及川に提案され、夏紀は頷く以外に選択肢はない。

――どこへ連れて行かれるんだろう。

不安げな夏紀を無視して、及川は車を走らせる。少しして着いた場所は、有名なアミューズメントパークの駐車場だった。

なぜこんな所に連れてこられたのか分からず困惑する夏紀の手を取り、及川が併設されているショッピングモールに向かう。モールと言っても量販店ではなく、名の通ったブランドが並んでいて夏紀は尻込みした。

「及川さん？」

「制服で遊ぶには、遅い時間だからね。着替えよう」

いきなり言われても、夏紀は戸惑うだけだ。

それに及川が入った店は夏紀でも知っている有名ブランド店でそれなりの値段がすると知っている。

佐和家は裕福だけれど、無駄な出費はしないというのが大黒柱である翠の方針だ。夏紀も別にブランド品には興味がないので、普段着や鞄などは清潔でシンプルなものであれば何でも気にせず使う。

「こんな高いの買えません」

「私が払うよ」

「だったら余計駄目です！」

「愛人を美しく飾るのは、主人の特権だ。私に相応《ふさわ》しい姿になって貰いたいだけだよ。嫌なら、後で捨ててくれて構わない」

「それはもっと駄目ですよ！　物を大切にしない人は嫌いです」

「じゃあ、私がプレゼントをしたら使ってくれるね」

上手く言葉尻を捉《とら》えられて、夏紀は反論できなくなった。

それからは、及川に言われるまま服を試着させられ、制服代わりに彼の選んだ服を着るよう指示される。

少しでも遠慮をすると、店員には聞こえないように『言うことを聞かなければ、薬の量を増やす』と脅され、渋々従う。なのに及川は、夏紀の好みを優先し欲しいものが何かをさりげなく聞き出してくれていると気がついた。

脅されて自分の着る服を選ぶという状況に、夏紀は混乱する。その間も常に及川のペースで買い物が進み、気がつけば大量の紙袋を手にしていた。

「……あ、あの。こんなに持って帰れません」

明らかに今日着る分以上の服や靴の入った紙袋を持ち、半歩前を歩く及川の袖《そで》を引く。手にしている分以外にも配送を頼んでいたから実際はこの倍以上買って貰ったことになる。

いくら関心のない兄たちでも、大量のブランド品を持って帰ればどうしたのかと問い詰める筈だ。

「配送先は私のマンションにしたし、持って帰れないなら私の家に置けばいい。家出をするなら、服は必要だろう？　他にも必要なものがあれば揃《そろ》えよう」

どうして自分にここまで気を遣ってくれるのか分からない。

初めは及川を騙し、財布だけを取って逃げようとした。その代償として、淫らになる薬を使われ愛人契約までしている。

弱みばかりが増えていく。その気になれば及川は簡単に夏紀を追い詰めることができるのだ。窃盗未遂を学校に知らされたら退学になるし、薬の量を増やされ徹底的に快楽漬けにされればまともに生きていくのは難しいだろう。

それなのに関係が深まるほど、及川は夏紀を甘やかそうとしてくる。

新しい服に着替えさせられ、華やかなイルミネーションに彩られたパーク内に入る。テレビでしか見たことのない場所だから、自然と夏紀の気持ちは高揚して表情も綻《ほころ》んだ。

「君はそうやって、笑っていた方がいい」

「え……」

傍らに立つ及川を見上げると、さりげなく顔を寄せられ口づけられた。夕刻とはいえ人はそれなりにいるけれど、幸いイルミネーションに気を取られて夏紀達に視線を向ける者はいない。

「幸せにしたいんだ……愛人を強制している私が言っても、説得力はないけどね」

触れるだけのキスの後、苦笑する及川にどうしてか胸が痛くなる。

出会いは最悪だったけれど、今は家に居るより彼と過ごす時間の方が大切になっている。

――及川さんに、嘘をつき続けるのは嫌だ。

自分と彼は、『愛人』という世間では異性同士でも認められない関係で繋がっているだけ。

それに最初に及川を誘ったのは、自分の方だ。

薬を使われて離れられない状態にしたのは及川だけれど、どうしてか彼を嫌ったり憎む気持ちになれない。

きっと、彼がこうして垣間見《かいまみ》せる優しさのせいだ。

それが上辺だけのものか本心なのか夏紀には判断がつかない。でも正面から向き合ってくれる及川に、嘘をつき続けるのは夏紀の良心が痛む。

「あの、僕……嘘ついてました。すみません」

意を決して、夏紀は及川を見つめた。全ては話せないけれど、伝えられることは言ってしまおうと考えたのだ。

「クラスの友人に、薬のことを何度か相談してました」

「どうして急に……」

「優しくしてくれる及川さんに、嘘をついてる自分が嫌になったんです」

「君は何というか。真面目だね」

からかっているのではなく、本気で驚いているのだと声音で分かる。

「及川さんの家に泊まるときには、友人の家に行ってることにしてます。兄たちも、友人のことは信頼してて……アリバイ作りを手伝ってくれてるなんて、疑ってもいないから……」

「だから厳しい家なのに、すんなり外泊の許可が下りていた訳か」

心配しているのは、及川が夏紀に薬を使っていることが世間に知られはしないかという点ではないと分かった。

「しかしその友達は、君のお兄さんから疑われないのかい？」

「友人の家も、複雑なんです。お父さんが、一般的にあまりいい顔をされない仕事をしてて。だから逆に、智音には厳しいから。兄も嘘を言う子じゃないって――」

うっかり名前を言ってしまったと気がつくけれど、既に遅い。

恐る恐る及川の表情を窺うと、眉間《みけん》に皺《しわ》が寄っている。

「ごめんなさい！　智音は信用できる友達です。及川さんの名前は言ってないし、相談したのは、薬のことだけなんです。だから何もしないで下さい」

自分の失言で友人を巻き込んでしまったと気づき、慌てて頭を下げる。

「安心しなさい。君の友人に何もするつもりはないよ。私は君が側にいてくれればそれで十分だからね」

どちらかといえば、智音の父が及川を問題視する可能性がある。けれど弁護士とヤクザの力関係なんて、現実ではどうなのか夏紀には分からない。

「ごめんなさい」

勝手に友人の家庭事情を話してしまったことでも、及川は不信感を持っただろう。智音にも及川に対しても、とても不誠実な事をしていると自覚する。

「無理に話さなくてもいいよ。すまなかったね、話しにくい事を言わせてしまって」

言い訳を重ねても怪しさが増すばかりで、泣きそうになる夏紀を及川が優しく遮る。今は彼の優しさに甘えてしまおうと、夏紀は思った。


一緒に過ごす時間が長くなると、当然だけれど彼の人となりも分かってくる。

ベッドの外でも基本的に及川《おいかわ》は紳士的で、夏紀《なつき》に暴力を振るったり辱めることもない。

セックスも夏紀の体が傷つかないように注意を払い、甘い愛撫《あいぶ》を与えてくれる。

絆《ほだ》されたわけではないが、優しく接してくれる相手を憎めるほど夏紀も捻《ひね》くれてはいない。

確かに愛人ということで体を要求されるけど、時々恋人なのではと錯覚してしまうほど及川は甘い言葉を囁《ささや》き夏紀を甘やかす。

数日前に、彼とアミューズメントパークに出かけてからはそれが顕著になった気がしていた。夏紀の話を聞くだけでなく、時には勉強も見てくれる。

大人には下らないだろうと思う夏紀の兄たちに対するささやかな愚痴にも、真剣に耳を傾けてくれるので以前よりずっとストレスは減っていた。

今日も学校帰りに呼び出された夏紀は、待ち合わせ場所へ行く前にスーパーに寄り、夕食の材料を買い込んだ。真美《まみ》のお迎えは、いつの間にか静流《しずる》の役割になっていたので気が楽だ。

どうやら静流は子供に甘いようで、帰りには必ずドーナツを買い二人で食べていると真美から『内緒話』と念を押されて教えられた。

微笑《ほほえ》ましい二人を想像しながら、自分は彼と二人分の夕食を作り、まるで恋人同士のような食事を済ませると、誘われるまま一緒にシャワーを浴びた。

――愛人ていう扱いじゃ、なくなってる気がする。

バスローブに着替えさせられた夏紀は、リビングのソファに座る及川の膝《ひざ》に乗せられている。

浴槽で一度抱かれてしまった体は気怠《けだる》く、体の芯にはまだ淫《みだ》らな熱の名残が燻《くすぶ》っていた。

「明日は日曜だから、昼頃までいられるかい？」

彼も同じバスローブを羽織っており、それが普通に似合うからつい見とれてしまう。一方の夏紀は、まるで分厚いワンピースを着ているようだ。

「はい。どうせ兄さんたちはやることがあるし、真美は友達の家にお泊まりだってはしゃいでましたから」

真美の通っている幼稚園の親達のグループでは、実母に振り回された可哀想《かわいそう》な子供と認識されていた。母親が娘を捨てて離婚した経緯も知られており、現在は信頼できる家に預けられているとはいえ、男所帯であることを気にかけて親達は『うちに泊まらせてはどうか？』と申し出てくれる。

割と裕福な家庭が多く、真美も躾《しつけ》はきちんとされているのでトラブルもない。

「たぶん月曜の朝まで戻らなくても、誰も僕がいないことに気づかないと思います」

「気になっていたんだが、なんでそんな投げやりな言い方をするのかな?」

家族の、特に兄たちの話になると、どうしても自己否定が混ざってしまう。近所の人たちや、家庭訪問をする教師など第三者からすれば、奔放な母親は論外だが、その分兄弟仲の良い家庭に映るらしい。

夏紀が家庭内で孤立しているとは、誰も思わないのだ。

「僕だけ父さんがホストで、母の親族に借金したまま音信不通なんです。それが原因で母さんは実家と完全に疎遠になったようなものだから、兄さんたちも僕のことは厄介者《やっかいもの》扱いなんです。あの家に、僕の居場所はありません。便利な家事係程度なんです……だから絶対に家を出たくて……」

「家出をしたいんだったら、このまま私のマンションに住めばいいじゃないか」

「でもっ……その、自立したいんです」

『及川さんの迷惑になる』と言いかけた夏紀は、咄嗟《とっさ》に自身の自立を理由にしてしまう。それは言い訳としても、矛盾していると自覚があった。

本気で家出を考えていた筈《はず》なのに、残される妹や兄たちのことを考えると罪悪感を感じてしまう。それに、長男の翠《みどり》なら信用調査会社などを使って、夏紀の行方を捜すに違いない。そうなれば、当然手伝った及川も追及されることになるだろう。

——酷いことされてるのは僕なのに、どうして及川さんのこと心配してるんだろう?

愛人として抱かれ、薬もいまだに使われている。

けれど体を求められないときは彼に勉強を見てもらうこともあり、そのお礼として掃除をしたり食事を作ったりしている。

何よりそうして家事をすると、及川が大げさと思えるほどに喜んでくれるから、夏紀は彼と一緒の時間が楽しくて仕方ない。

——それに及川さん、僕の話を真面目に聞いてくれるんだよな……。

なぜか及川は、夏紀の話を聞きたがる。内容は問わず、日常的なことでもまっすぐに目を見つめて耳を傾けてくれるのだ。家庭ではまずありえないので、夏紀はつい聞かれていないことまで喋《しゃべ》ってしまう。

「そうやって言うことを聞いてしまうから、ストレスが溜《た》まって家出をしたくなったんじゃないのか？　家族に避けられているのなら、一時的にでも離れて生活した方がいいかもしれないよ」

「……うん…及川さんの言うとおりだと思います。でも兄さんたちは大人だから、表向きは優しくしてくれるし。学費だって上の兄さんが用意してくれました。僕のことはそれなりに、考えてくれてるんです」

夏紀はまったく存在を無視されても仕方ない境遇だが、社会的な体面が理由だとしても、長男の翠が夏紀の保護者となっているのは事実なのだ。

「それに、すごいんですよ。上の兄さんは外科の専門誌で何度も紹介されてるし、二番目の兄さんは有名な化学分野の専門誌に何度も論文を掲載されてるんです」

自分とは違い頭の良い兄たちを、夏紀は素直に尊敬している。

二人とも夏紀と同じ高校を卒業しており、それぞれ学年トップの成績を維持していたと、担任も覚えているほどだ。

それに比べて、夏紀は特に際立った取り柄もない。

「お兄さんたちが、好きなんだね」

「……本当は母さんのことも、別れた父さんも嫌いになれません。親族に借金までして逃げたって聞いてるのに嘘なんじゃないかって……なにか理由があって離婚したんだって思ってしまうんです。父との思い出なんてないのに、美化してるのかも」

夏紀がまだ幼く、母と二人で暮らしていた頃に遠縁の親戚と名乗る大人が当時住んでいたアパートへ訪ねてきたことがあった。彼らは母が居ないと知ると、幼い夏紀に八つ当たりのつもりなのか、散々父親に迷惑をかけられた話をして帰って行った。

そんなことが続き、精神的に不安定になった夏紀を見て事態を察した母が、今の家に連れて来たのだ。

「新しい父さんは、まだゆっくり話してないから分からないけど、妹を見てれば優しい人なんだなって分かるし……嫌いにはならないと思う」

幼い子を置いて新婚旅行に行った挙げ句、海外赴任を承諾するなど問題だと翠は怒っていたけれど、親権を取るくらいだからこれまで真美に父として精一杯愛情をかけてきた実績はあるはずだ。

それぞれの事情もあるのだろうし、真美の父は単身赴任先から毎日メールもしてくれている。

自分がもう少し頭が良く、父も普通の仕事をしていれば、引け目を感じたりはしなかったと何度思ったか分からない。

でもいくら夏紀が兄たちを慕っても、彼らが夏紀を『厄介者』として扱う以上、できるだけ目立たないようにするほかないのだ。

及川に呼び出され、兄弟と離れる時間が増えてから、夏紀は実際は本気で家出をしたいわけではなかったと気づいていた。けれど家族で過ごしたいかといわれれば、素直に頷《うなず》くこともできない。

相反する思いに答えが出ず悩む夏紀を、及川が優しく抱きしめてくれる。

「君みたいに溜め込んでしまう子は、もっと我《わ》が儘《まま》になっていいと思うけどね。君を薬で拘束している私が、君の家族にとやかく言えることではないか」

「そんな、心配してくれて……嬉しいです」

苦笑する及川に、夏紀は彼の胸に縋《すが》って呟《つぶや》く。

こんな話は、智音にさえしたことがない。

教師や母親は、兄弟仲がいいと思い込んでいるので相談などしても取り合ってはくれないのは、目に見えている。

赤の他人だからこそ、及川は夏紀の気持ちに真摯《しんし》に耳を傾け、助言してくれるのだ。たとえ愛人という特殊な契約を結んでいても、話を聞いてくれる及川の存在は、智音とはまた違った夏紀の支えになっていた。

――愛人でもいいや。薬で体がおかしくなったって、ちょっとでも長く及川さんのそばにいられるなら……。

ふと、夏紀は井上《いのうえ》から連絡があったことを思い出す。

「あの……この間、援助交際の仕方を教えてくれた友達から連絡があって……なんだか様子が変だったんです。話の流れで愛人になったことを話したら、紹介しろって迫られて。井上っていうんですけど、あいつも同じことをしてるから警察に話したりはしないと思うけど。一応伝えておきます」

急に眉《まゆ》を顰《ひそ》めた及川に、夏紀は慌てて付け加えた。

「及川さんの名前は、出してません！」

「そんな心配は、してないよ。君のことは信頼しているからね」

見惚《みと》れるほどの優しい微笑《ほほえ》みを浮かべて、及川が顔を近づけてくる。いまだに夏紀は彼とのセックスだけでなく、キスをするときにさえ羞恥《しゅうち》を感じてしまう。

始まってしまえば快感に流され勝手に体が求めるのだけれど、それまでは耳まで赤くなって体が震えることさえある。

「夏紀」

「……うん」

啄《ついば》むような軽いキスを繰り返しながら、及川が夏紀の太腿《ふともも》を撫《な》でる。そのまま掌《てのひら》がバスローブの合わせ目を割って内股《うちまた》へ入り込み、夏紀の中心を握り込んだ。

「あっ」

「勃っているね。このまま手でしようか」

瞳《ひとみ》を覗《のぞ》き込まれ、夏紀は泣きそうになる。さんざん雄による快感を教え込まれた体は、手に扱《しご》かれるより後孔からの刺激を受ける方が好きになっていた。

「やだ……意地悪言わないでください。僕は、及川さんじゃないと……」

「分かっているよ。じゃあ、夏紀の口で支度をしてもらおうかな」

絨毯《じゅうたん》の上に降ろされた夏紀は、ぺたりと座り込んで及川を見上げる。

「口でするんだ。できるね?」

わずかに逡巡《しゅんじゅん》したあと、夏紀はこくりと頷く。口での奉仕は、まだ数えるほどしかしていない。

上手《うま》くできるかも不安だった。けれどそれ以上に、自分を犯す雄を勃起させる行為は夏紀に背徳的な快感を与えるので、そのはしたない興奮を好きになってしまいそうで怖い。

「嘗《な》めます、ね」

ソファに座ったまま脚を開いた及川の前ににじり寄り、バスローブの前を寛《くつろ》げる。半勃ち状態のそれを間近にして、夏紀は体が淫らに火照りはじめたのを感じる。

──体が及川さんの香りに、反応してる。

鈴口に滲《にじ》む先走りを嘗めただけで、背筋がぞくぞくと粟立《あわだ》つ。

まるでアイスでも嘗めるように、夏紀は及川の先端を嘗め続けた。次第に張り詰めていく雄の幹を支え、半ばまで口内に入れる。

完全に勃起すると先端を銜《くわ》えるので精一杯になる。口内を使って愛撫するのは今しかない。

──口の中が…及川さんでいっぱいになってく……。

舌の上で、時折ひくりと雄が跳ねる。裏筋の血管が脈打ちはじめ、夏紀は彼が精を放つ前に口を離そうとした。

けれど及川はそれを許さず、夏紀の後頭部を押さえてしまう。

「短期間で、随分上達したね。今日は少し、ハードルを上げよう」

「んっ……う、ぁ……ふ…ッ」

口内を犯すように数回抽挿したあと、及川の雄が容赦なく夏紀の口に精を放った。

「…っく…ぅ……ん、ンッ……」

注がれる粘ついた液体を、夏紀は懸命に飲み込む。窒息の恐怖と、初めて精液を口で受け止めた被虐の悦《よろこ》びに軽く達してしまう。

「全部飲めるかい？」

「…ん……は、ふ…」

雄を銜えたまま、夏紀は首を縦に振る。本当は苦いのに、体が彼の精液を欲していた。零《こぼ》してしまわないように唇をすぼめ、最後の一滴までも残さないように鈴口を吸い上げる。

――これも、薬のせい？　僕は、及川さんの愛人じゃなくなったら、どうなるんだろう？

放たれた精をすべて嚥下《えんか》し、雄を嘗めて清めているとすぐにまた熱が戻ってくる。

及川の回復が早いのは十分知っていたから、夏紀はもう一度丁寧に全体を嘗めて濡《ぬ》らし口を離した。

「下の口も、満足させないといけないね」

すっかり力の抜けた夏紀は、及川に抱え上げられ彼の寝室へと運ばれる。すでにバスローブは床に落ちて、火照った肌は露《あら》わになっていた。

及川は夏紀を横たえると、またあの薬を出して後孔に塗り込めていく。

先ほどシャワーを浴びながら雄を受け入れたそこは、薬の手助けなどなくても繋《つな》がる準備は整っている。

指で弄《いじ》られるもどかしい感覚に、夏紀は喘《あえ》ぎながら及川を求めた。

「……擦《こす》ってないで、早く……っ」

「早く、何かな？」

言わなければ、及川はその先の行為には及んでくれない。夏紀は震える唇で、はしたなく彼を強請《ねだ》った。

「挿れて……さっき僕が嘗めたの。いれて、ください」

後孔には、張り詰めた雄が触れているのに挿入する気配がない。焦《じ》らされた夏紀は、及川に縋って懇願する。

「及川さんの、欲しいよ……っあ」

「少し前までは、無垢《むく》な体だったのに。ここまで堕ちてくれるとは、嬉しい誤算だ」

硬さを取り戻していた雄の先端だけを入り口に含ませ、及川が意地悪く言う。くちゅくちゅと濡れた音が室内に響き、卑猥《ひわい》な行為を夏紀により強く意識させる。

「もっと…挿れて……」

無意識に腰を上げて、深い挿入を求める。

奥が疼《うず》いてたまらない。

「ほら、君が嘗めていたモノが、また挿っていくよ」

「や、あっ…ぁ」

あの太くて硬い雄が、自分の体を犯している。色も形も自分のそれとは違う雄の形が、夏紀の脳裏を過《よぎ》った。

「あんっ」

——あれが、はいって……いっぱい擦ってくれるんだ。

及川が夏紀の細い腰を摑《つか》んで、動きを止めた。一気に奥まで貫くのだと分かり、夏紀は力を抜いて彼を見上げる。

「もっとして、及川さん……」

「いい子だ夏紀」

「っ……ひっ、あ…ぁ」

肉襞《にくひだ》をカリが広げ、擦りながら雄が突き進む。

前立腺《ぜんりつせん》だけでなく、及川の雄が届く範囲はすべて開発されているから、根元まで嵌《は》められても感じすぎて痙攣《けいれん》が止まらない。

「及川さんっ……僕、もう…っ」

彼の精液を口にしたときから、すでに夏紀の自身は限界に近くなっていた。なのに及川は射精をさせず快楽を逸《そ》らし、夏紀の体を限界まで焦らしたのだ。

「あぁっ……で、る…」

最奥《さいおう》を抉《えぐ》られた瞬間、目の前が真っ白になる。声にならない悲鳴を上げて、夏紀は中心から蜜液《みつえき》を迸《ほとばし》らせた。

——出したのに終わらない。

自身が萎《な》えても、雄を銜え込んだ後孔は淫らに蠢《うごめ》いている。蜜で汚れた下肢も、男を誘うように揺れ続けていた。

「夏紀の欲しいモノをあげるから、いい子にしているんだよ」

愛《いと》おしむように、及川が夏紀の腰を撫でる。

そして少しずつ、雄の抽挿を激しくしていく。

「…おねが、い…奥で出して……」

「お強請りも上手になったね」

「……あっ……ン……」

きゅっと窄《すぼ》まった奥に、大量の精液が流し込まれた。

――おくに、出て……。

強請るように痙攣する内部に、最後の一滴まで注ぐつもりなのか及川が腰を打ちつける。

――……中出しされるの好きになってる。

媚薬《びやく》など使わなくても、体は彼を求めていると夏紀は気づいてしまう。夏紀は快楽と恐怖で濡れた眼差《まなざ》しを彼に向け、その胸に縋りついた。

「夏紀？」

「及川さん……僕……及川さんに、ぎゅってされると…気持ちいいんです」

乱れた呼吸で懸命に告げると、繋がったまま及川が夏紀を強く抱きしめてくれる。

「離れるの……怖い」

耳元で微《かす》かに笑う声が聞こえ、及川が耳や目元に何度も口づけを落とす。

「可愛いことを言うね」

「本当だから、信じて……」

単に愛人扱いをされているだけで、及川の優しさは擬似的なものだと頭では理解している。

恋愛をしたことがなく、愛撫やセックス、そして少しの優しさにも免疫がないので過剰反応してしまうのだ。

――僕……愛人なのに及川さんを本気で好きになったんだ。

及川が初めて自分を犯したとき、『罰だ』と言った。大人を騙《だま》そうとした罪は、何倍にもなって夏紀を苦しめている。

犯されたのなら、及川を憎み軽率な自分を恥じればいい。でも好きになってしまったら、成就しないと知りながら焦がれる想いを抱え続けることになる。

愛人でなくなれば、自分は及川に捨てられる。今だって彼に嫌われると考えただけで胸が痛むのに、『必要ない』と宣告された自分はどうなってしまうのか分からない。

なのに及川は、夏紀の気持ちなど知らず甘い囁きを繰り返す。

「ああ、信じてるよ。夏紀の言葉を疑ってないから、そんなに泣くんじゃない。愛しているよ、夏紀」

宥《なだ》めるように、及川が口づけてくれる。

その甘い触れ合いさえ、今の夏紀には辛く感じられた。

その夜、初めて夏紀は一人で眠るように言われた。

珍しく及川は互いの体を清めると、夏紀をベッドに残して隣の書斎に籠《こ》もってしまったのである。

おそらくは仕事をしていたのだろうけど、井上のことを話した際に見せた険しい表情が夏紀の心に引っかかっていた。

——余計なこと、話しすぎたせいだ。

ただでさえ、複雑な家庭の事情を話したりして気遣われていた。愛人らしく体だけの関係でいればいいのに、及川が与えてくれる優しさに甘えて疑似恋愛的な状況になっていたのは否めない。

——智音の時と違って、井上の話はかなりヤバイって思っただろうし。

関係が公になって困るのは、及川の方だ。

いくら夏紀から誘いをかけたとしても、社会的に受ける罰は彼の方が重い。夏紀は兄たちから呆《あき》れられ、学校も辞めざるをえなくなるけれど、名前が公表されるわけではない。

それと、もう一つ夏紀は不安に感じていることがあった。

彼の愛人となって一ヶ月以上が経過しても、ベッドで夏紀は彼の言うままになるだけで、セックスの技巧などほとんど教わっていない。

これが恋人同士なら面と向かって自分への感情を聞けるけど、毎回お金をもらってる立場だからあくまで愛人関係でしかないのだ。

だからいきなり及川が『飽きた』と言えば、二人の関係は終わる。

——いつか捨てられるのかな？

不安に押し潰《つぶ》されそうになる。

こんな気持ちは、初めてだった。

自分の出自を知ったときも、兄たちから疎まれていると感じても心のどこかで『仕方がない』と諦《あきら》めていた。

――及川さんと、離れたくない。

けれどどうすればいいのか、夏紀には見当も付かないのだ。

諦めなければいけないと頭では分かっているのに、心が納得しない。初めて知る恋の辛さに怯《おび》えながら、夏紀は無理矢理瞼《まぶた》を閉じた。

二人の間に何も進展がないまま、一週間が過ぎようとしていた。一人で寝るように言われた翌朝、及川は『急な仕事が入ったので、暫《しば》らく会えない』とだけ告げ夏紀をタクシーに乗せた。

及川から毎日メールは来るけれど、それは夏紀の近況を聞くだけの内容で呼び出しではない。『元気で居るか』とか『家で辛いことはないか』など、気遣う文面ばかりだ。

既に及川は自分の体に飽きて捨てられたのかと落ち込んだ夏紀だが、それならメールを送ってくる理由が分からなくて困惑する。

――会いたいけど、行ったら鬱陶しいって思われるだろうし。

愛人なのだから、及川からの呼び出しがなければ行く必要はない。それに脅されて行為を強いられているのだから、及川から離れてくれるのは有り難いことだ。

行為の後に渡される媚薬の中和剤クリームは、既に使い切っている。けれど中和剤が効いたのか、体が疼くこともない。本来は喜んでいいはずなのに、夏紀の気持ちは沈むばかりだ。

「今日はお迎えなのか。えらいよなー」

「智音。今日は補習じゃなかったっけ？」

下校時刻だから、部活や委員会に属していない生徒はちらほらと帰り始めている。しかし小テストの結果が思わしくなかった智音は、確か特別補修を命じられていた筈だ。

「サボった。どうせ勉強しても、頭に入らねえし」

「智音、内申に響くよ。大学行くんだろう？」

「なんとかなるって」

けらけらと笑う友人は、何事にも楽天的だ。ヤクザの父と愛人の間に生まれた子という現実すらも笑い飛ばす強さを、羨《うらや》ましく思う。

「僕も智音みたいに、前向きになれたらな……」

心にだけ留めておこうとした感情が、うっかり口を突いて出てしまう。慌てて口を手で塞《ふさ》ぐと、智音が軽く肩を叩いた。

「ったく、相当ストレスため込んでるな。俺は内申より、お前が心配なんだよ。最近よく笑うようになったのに、また沈んでるからさ。また兄ちゃん達に、叱《しか》られたのか？」

見抜かれていたのにも驚くが、それより顔に出てしまうほど及川との関係を気にしていたのかと改めて自覚し夏紀は胸が痛くなる。

「一人で悩むなよ。どうせ夏紀のことだから、悪い結論しか出なくて一人で空回ってるんだろ？　俺じゃ頼りないと思うけど、話くらいは聞けるし。話して楽になれって」

正直に全てを話せば、いくら寛容な智音でも引くだろう。窃盗未遂に、愛人契約。それも相手は男で、全面的に夏紀の自業自得なのだ。

初めは強引だった関係も、今では夏紀が及川を好きだと自覚してしまっている。

「もしかして、最近外泊の口裏合わせ頼んできたアレか？　お前真面目だから、ちょっと遊んだ方がいいと思って聞かなかったけどさ……」

親しい友人でも、踏み込んで欲しくない領域はある。特に及川とのことは、良くも悪くも迂闊《うかつ》に話せない。

けれど自分一人で抱え込んでおくのも、夏紀には限界だった。

「聞いてもらってもいいかな？」

「ああ。てーかマジでどうしたんだよ？　顔色悪いぞ」

気遣われるのがこんなに辛いとは思わなかった。夏紀は意を決して、これまで自分がしてきた愚行を包み隠さず智音に告げる。

「……馬鹿だな」

「ごめん、気持ち悪いよね……もう話しかけないから……」

「だからどうして、そう極端なんだよ！　一人で考え込んで暗くなってるのが馬鹿だって意味だよ！」

友人も失うと覚悟していたのに、智音はいつも通りに明るく笑うと夏紀の背を勇気づけるように軽く叩いた。

「どうしてそういう大事なことを言わねえんだ。俺達腹割って話せる仲じゃなかったのか？」

「ごめん……その、信用してないから言わなかったとかじゃないんだ」

「分かってる。真面目な夏紀が、自分から援交するまで追い詰められて……失敗して、愛人とか。なんてーか、恥ずかしいよな。悪い、なんか上手い言葉が出てこねぇ」

自分のしでかした犯罪も問題だけれど、騙されて愛人になった経緯は確かに恥ずかしい。親友だからこそ、失敗や弱みをさらけ出すのが怖かったのだ。

「気持ち悪いとか、思わないのか？」

「真剣に悩んでるヤツ前にして、気持ち悪りぃとか思うわけねえだろ！」

一方的に嫌われると思い込んでいた自分が、恥ずかしくなる。

「捨てられるのが怖いって思うのは、それだけ真剣な証拠じゃねーの？　その相手だって、完全に愛人扱いなら夏紀の家庭事情なんて聞かないだろうしさ。夏紀から告白して、本当のところどう思ってるのか話し合ってみる価値は、あるんじゃね？」

前向きな意見に、少しだけ心が軽くなる。全て上手く行くなんて考えてはいないけど、最初から諦めてしまうより智音の助言通り気持ちを伝えてみるのも一つの手だ。

「うん……」

「悩んだら、いつでも連絡しろよ。夏紀は一人で抱え込みすぎるんだよ」

「ありがとう」

常に前向きな友人に礼を言い、夏紀は真美の待つ幼稚園へと足を向けた。


智音と別れ帰宅途中にある幼稚園で真美を引き取った夏紀は、夕暮れの住宅街をゆっくりと歩いていた。

「……でねー、夏紀お兄ちゃんの分も折り紙でお花作ったんだよ！　こんどさくひんてんがあるから、見に来てね！」

「うん。ありがとう」

一人だと嫌なことばかり考えてしまうが、日々の出来事を無邪気に話す真美がいてくれると自然と顔が綻《ほころ》ぶ。

「それとね、さやかちゃんに夏紀お兄ちゃんがお料理上手なのってお話ししたら、会いたいって言ってたわ。でも告白されても頷いたら駄目よ」

「最近の子って、幼稚園で告白とかするんだ！」

「そうよ。いけめんは早くお付き合いしないと、取られちゃうの。運命をかんじたら、すぐに恋人にするのよ。夏紀お兄ちゃんは、奥手そうだから心配だわ」

どこからそんな知識を仕入れてくるのか、不安になる程だ。

「……真美は今流行《はや》りの肉食系だね……」

幸い幼稚園では、これまで通り友達と仲良くしていると担任からの連絡帳で確認している。誰が何をしたとか微笑ましい内容も教えてくれるが、ただ少々夏紀にはついて行けない時もある。けれど遥《はる》かに自分よりコミュニケーション能力の高い真美を、羨ましくも思う。

——真美だって親となかなか会えないのに、頑張ってるんだから……僕もしっかりしないと。

一人で悩んでいても、出てくる答えなど悪いものに決まっている。だったらくよくよ考えない方がまだマシだと、智音が言っていた。

調子のよい友人の助言を思い出したのと、ませた真美の言い方が可笑《おか》しくて夏紀はくすりと笑う。

「僕はイケメンじゃないから、そのさやかちゃんに告白される心配はないよ」

「よかった。夏紀お兄ちゃんが笑った」

小さな手が夏紀の右手を摑み、明るい声が響く。

幼い子の方が、他人の感情には敏感だ。気持ちの落ち込みを悟られていたと気づいて、夏紀は意識して笑みを深くする。

「ごめんね、ちょっと落ち込んでた。でも真美と一緒に居たら、元気が出たよ」

「わーい」

歳《とし》の離れた兄妹の会話だが、冷静に考えれば血は繋がっていない。

それでも互いを気遣い穏やかな時間を共有できるのなら、分かり合えない兄たちと過ごすよりよっぽどいいと思う。

あと少しで家の門が見えてくる信号のない交差点で、夏紀は真美の手を取り立ち止まる。交通量は少ないが、たまに抜け道として使う車が突っ込んでくることがあるのだ。

予想したとおり、夕方の帰宅ラッシュを避けた一台のワゴン車がかなりのスピードで交差点へ進入してきた。

しかしその車は通り過ぎることはなく、何故《なぜ》か夏紀たちの前で停車する。

咄嗟に真美を庇《かば》うように前へ出ると助手席の窓が開き、よく知った顔が現れた。見知らぬ男ではなく、友人の井上だと分かってほっとしたものの、目の焦点が合っておらず頬骨《ほおぼね》が出るほど痩《や》せた姿に目を見開く。

「井上、どうしたんだよ……お前、ちゃんと食事してるか？　すごく痩せてるぞ」

「そんなの、どうだっていいって。お前にイイ話持ってきてやったんだ」

一ヶ月ほど会っていない間にすっかり様子の変わった井上を見て、夏紀は無意識に真美を抱き寄せて後退《あとずさ》る。

「この間の電話で話しただろ、助けてやるってさ。リーダーが薬の件も聞きたいって言うから、ちょっと来いよ」

助手席に座る井上が後部座席に何か言うと、スモークガラスで覆われた後部座席のスライドドアが開いた。

そこには同い年から大学生くらいの男たちが五人ほど乗っており、中にはチューハイの缶を抱えている者もいる。

窓からは煙草の臭いがして、思わず眉を顰める。

「急に言われても、今日は僕が夕食当番だから無理だよ。それに、真美もいるし……」

不穏な空気を感じ取り、夏紀は誘いを断ろうとする。真美も怯えているのか、夏紀の制服をぎゅっと握りしめている。

「こっちはその女の子も一緒でいいんだぜ。どうしても家に届けたいなら、夏紀は一緒に来るって約束してくれよ。ここで待っててやるからさ」

断れば、真美も一緒に乗せる気なのだ。夏紀は迷った末に、井上の提案を呑《の》むことを承諾する。

「分かったよ。行くから、真美だけ家に置いてくる。ちょっと待ってて」

「じゃあ、俺も行く」

あのワゴン車へ真美を同乗させるなど、絶対にさせたくなかった。それに行き先は、どうせ繁華街に決まっている。

夏紀は井上に監視されるようにして自宅へ戻り、真美を玄関に入れる。今日のお迎え担当は夏紀だが、最近は静流も早めに帰宅しているので一人きりで真美が過ごす時間は少ないと判断する。そして『兄たち以外の誰が来ても開けたら駄目』と約束させる。そしてリビングで静流兄さんの帰りを待つように言うと、意を決して家を出た。

「翠兄さんにメールをしたいんだけど」

「あの子に伝言させればいいだろ」

「僕から伝えないと、うるさいんだよ。友達と遊びに行くって言えば、別に追及したりしない人だからメールくらいさせてくれないか？」

夏紀は井上の答えを待たず、スマートフォンを手にした。

――及川さん……。

一か八かの賭《か》けだった。

夏紀は兄に対して送るような、硬い文面を打つ。

『友人と出かけるから遅くなります。智音と一緒にいます』

これだけ読んで、及川が何か察してくれるかは夏紀にも分からない。智音の名前を書いたのは『薬の相談をした』という話を覚えていれば、なにか勘付くと考えたからだ。

案の定、井上が画面を覗き込んでくるけど、問題がないと判断したのか特に何も言わない。

夏紀は余計な口出しをされる前に、及川のスマートフォンにメールを送る。幸い及川はまだ仕事の最中らしく、すぐに返信はなかった。

井上とともに停まっているワゴン車に戻り後部座席に乗り込むと、見知らぬ青年がチューハイの缶を勧めてきた。

「井上の友達なんだろ？　これからよろしくなー」

酒で酔っているにしては、瞳孔《どうこう》が開き呂律《ろれつ》も回っていない。断るのは危険だと考えてとりあえず夏紀は缶を受け取り、飲む振りをして誤魔化《ごまか》す。

——井上の友達って、こんな人ばっかりなのか？　未成年なのに、お酒飲んで煙草の臭いも酷い。

中学時代もいわゆる不良と呼ばれていた井上だが、ここまであからさまではなかった。精々授業をサボったり、帰りにゲームセンターへ寄る程度の可愛いものだったと記憶している。

だから一ヶ月前に偶然再会した時も多少違和感は覚えたけど、まだ高校生らしい雰囲気があったので普通に話をしたのだ。

それなのに今の井上は、助手席から身を乗り出しぎらぎらとした視線を夏紀に向けている。服も薄汚れていて、時折ぶつぶつとよく聞き取れない言葉を発しており正気とは思えない。

短期間で何が起こったのかと、夏紀は不安になる。

助手席の井上にこれは一体なんなのかと聞きたくても、車内の雰囲気に呑まれて言葉が出ない。

明らかに異様な車内で、夏紀は彼らを刺激しないように身を縮めていることしかできなかった。

駅に近い繁華街を抜け、寂れた雑居ビルの並ぶ一角で車が停まる。まだ五時過ぎだというのに、人影はまばらだった。

「行こうぜ、佐和《さわ》君……だっけ？」

「あ、はい」

「キンチョーしなくていいからねえ」

車の中で酒を勧めてきた青年が、寄りかかるように夏紀の肩を抱く。

相当酔っているらしく、足下が覚束《おぼつか》ない様子だ。助けを求めて井上を見ても、にやにやと笑うばかりで手を差し伸べてくれない。

階段を使って二階に上がると、運転手を先頭にしてこぢんまりとした事務所に入っていく。

「ここのビル、五階まで全部がテナント撤退してて、自由に出入りできるんだ」

「待ってよ、井上。勝手に入ったら……」

「なに怖がってんだよ。このあたり仕切ってるのは、うちのグループだから文句言うヤツなんていないぜ。隣のビルもテナント追い出して、ボスが使うって計画立ててるんだ。ちょっと嫌がらせすれば、すぐ逃げ出すんだ。笑えるだろ」

援助交際のマニュアルを持っていた時点で危険と気づけば良かったのだが、もう遅かった。さらりと恐ろしいことを言う井上は、もう中学時代に遊んだ彼ではなく、夏紀の知らない世界で生きていると知る。

——仕切るとかって、どういうこと？　そういえば、上納金がどうとかって……まさかヤクザと繋がりがある？

以前智音から、『暴力団の資金源として、地元の不良グループから金を取るヤツが増えてる』と愚痴を聞かされたことがあった。ただその殆《ほと》どは、組の名を騙《かた》る『半グレ』と呼ばれる集団で、本当の暴力団との接点はないのだそうだ。

昔気質《かたぎ》である智音の父は、正式な構成員でもない子供を使うことに反対しており、酒を飲むたびに『荒れる若者の未来』を嘆くらしい。

しかしこの界隈《かいわい》は智音の父が目を光らせている地域なので、井上の属するようなチンピラ紛いのグループは排除されているはずだ。もし見つかれば、それなりの制裁を受けると彼らも知っている筈である。

なのに井上達は、平然としている。

いったい彼らはどこに金を納めるつもりなのか、そしてどうして自分まで強引に巻き込まれたのかと、夏紀は考え込む。

「おい、そろそろリーダーが来るから離してやれよ。夏紀、こっち」

「……うん」

酔っぱらいから急いで離れると、夏紀は井上の横に立つ。ほどなく上の階から数人が降りてきて、リーダー格らしい大学生風の男が夏紀に近づく。

頭を下げるが、男は夏紀を無視して井上に声をかけた。

「薬使われてるのって、コイツ？」

「そうです」

ふらつきながらも、井上が必死に姿勢を正し挨拶《あいさつ》をするのだから立場は上の相手なのだと分かった。

「ならイケるか？　ボスに紹介された客が、男と本番やりてえって煩《うるさ》くてさぁ。それも『雰囲気初物だけど慣れてる感じがイイ』とか無茶な注文言いやがって。でもこいつなら大丈夫か。よくやったな、井上。サブリーダーに昇格できるように、話つけとくよ。来月から、給料上がるぜ。クスリも、上物用意してやる」

「ありがとうございます、リーダー」

一方的に進む会話に、夏紀は自分の置かれた状況をやっと理解する。友達だと思っていた井上は、己の利益のために夏紀を売ったのだ。

「井上、どういうことだよ」

「ホントお前って、頭の中はガキのまんまだな。ちょっと真面目そうに相談に乗ったら、食いついてくるし。オレとしては助かったけどさ」

「そんな……だって、友達だから相談に乗ってくれたって思ってたのに……」

「本気でそんなん言ってるワケ？　お前の家庭事情は知ってるんだよ。いい子ぶってるけど両親揃《そろ》って最悪なんだろ？　金持ってるからそれなりに生活してるだけでさ。お前ホントはオレ達みたいなグループに入ってるべきなんだよ」

蔑《さげす》むように嗤《わら》いながら話す井上の横から、リーダーと呼ばれた男が口を挟む。

「お客を独り占めしねーで、こっちに入ってくれりゃボスも怒らなかったんだけどねえ。それとなく井上君から促してもらったけど、君が全部蹴《け》ったって聞いてるよ。どうせ兄弟の中じゃ出来損ないなんだから素直に認めてこっちに来なよ。妹さんも血のつながりがなくても可愛がられてるみたいだし。巻き込みたくないよね？」

家族構成まで知られているということに、夏紀は恐怖を覚える。

「ああ、佐和君のポジションは決まってるから」

「ポジション？」

こういった不良グループには、集金係とか縄張りの見回りもあると井上は話していた。

「僕はグループに入る気はありません」

きっぱりと断る夏紀に、返されたのは嘲笑《ちょうしょう》だ。

「あれ、聞いてねーの？　佐和君は今日から、ウチのウリ専目玉商品。それと手の空いてる時は、俺等の性欲処理ヨロシクね。この間までは女がいたんだけど逃げちゃってさあ、この際男でもいいかって話になったんだよ」

「この子の方が、可愛いじゃん。胸がないのが残念だけど、これなら余裕で勃つぜ」

先ほど絡んできた酔っぱらいが、下品な笑い声を上げながらまた夏紀に抱きついてくる。今度はあからさまに、服の上から体をまさぐられ、夏紀は小さく悲鳴を上げた。

「やめっ」

「脚開くのは、慣れてるんだろ。井上から聞いてるぜ」

男は夏紀を強引に壁へと押しつける。

「なぁ味見するんだろ？　折角《せっかく》だからヤッてるのビデオに撮ろうぜ。そうすれば、コイツの親強請《ゆす》れるじゃん。金持ちなんだろ？」

「お気に入りの顧客がいるなら、そいつからも、強請れそうだよな」

「でもクスリ使うヤツなんて、やばくねえ？」

「オレらだって使ってるんだから、同じだろ。なあ、井上？」

彼等の会話から、井上の顔色が悪い理由が分かり、夏紀は恐ろしくなる。

「まさか、井上も……使ってるのか？」

「当たり前だろ。お前だって、俺のこととやかく言えるのかよ」

口々に恐ろしい計画を言いながら、夏紀を取り囲む輪が狭まってくる。集団意識なのか、すでに皆で夏紀を犯す気になっているようだった。あの井上でさえ、別人のように下卑た顔で夏紀を品定めするように眺めている。

――逃げないと……っ。

夏紀が一人ということで、まだ彼らには隙がある。自分を犯す相談をしている者は半分ほどで、あとは好き勝手に酒や煙草に手を出していた。

「……それじゃ、ビデオカメラ取ってこい。ついでに、ボスの方にも連絡しろ。井上も行け」

話がまとまったのか、リーダーに命じられた井上を含む数人が階段を駆け上がっていく。

無言で立ち尽くす夏紀を見て、怯えて動けないと勘違いしたのか、リーダーの男が脅しをかけた。

「話聞いててなんとなく分かったと思うけどさ、俺らの上ってのはヤクザだから。逃げても無駄だぜ……っ待て！」

油断しきっていた男たちの間を潜り抜け、夏紀は部屋を飛び出すと階段を駆け下りた。

――人通りのあるところまで逃げれば、どうにかなる。

しかし男たちも金づるである夏紀を、そう簡単に逃がすつもりはない。必死の形相で追いかけてくる。

どうにかビルの外まで逃げたところで、背後から腕を摑まれた。

「ふざけんなよ！　逃げる気なんて起こせねえように、全員でマワしてやるから覚悟しとけ！」

「っ……助けて！」

――及川さんっ。

心の中で夏紀は及川を呼ぶ。

彼らに及川の名を知られるのだけは、危険だと考えたのだ。

――何されても絶対、及川さんのことは言わない。

摑む手を渾身《こんしん》の力で振り払い、夏紀は相手を睨《にら》む。そしてビルから出てきた井上に、必死の思いで訴える。

「井上、こんな奴らと一緒にいるのやめろよ。今ならまだ、間に合うから！」

「何が間に合うんだよ。俺もう高校行く気ねえから。せっかくサブリーダーになれるチャンスだってのに、余計な騒ぎ起こすなよ。親友だろ」

聞く耳を持たない井上に、夏紀は唇を噛《か》む。

仕方なく暴れて掴む腕から逃げようとするが、いつの間にか男たちはそれぞれ鉄パイプやバットを手にして夏紀を囲んでいた。

「おい、売り物に傷つけんなよ。二、三発殴ってやれば、十分だろ」

「分かってるって」

目の焦点の合っていない男が、ふらふらと近づいてくる。そして躊躇《ちゅうちょ》せず、夏紀めがけて手にした鉄パイプを振り下ろした。

相当の痛みを覚悟したけれど、なぜか鉄パイプは当たらず代わりに男が呻《うめ》いてアスファルトに転がる。

「夏紀！」

——及川さん……。

彼の拳《こぶし》が男を殴り倒していたのだと分かり、夏紀は驚きと嬉しさで泣きそうになる。

愛人の自分を助けに来てくれるなんて、思っていなかった。

異変を感じて警察に通報してくれるかもという淡い希望だけだったから、彼の姿を目の当《ま》たりにして胸が痛くなる。

「大丈夫だ。夏紀は逃げなさい」

「でも……」

いくら相手の大半が酔っているとはいえ、丸腰の及川が不利なのは変わりない。それでも及川は、数と武器に頼って襲いかかってくる青年たちを、殴り倒していく。

だが狼狽《うろた》える夏紀を庇っているので、思うようには動けないらしい。場を離れるタイミングを失った夏紀も、及川とともに路地裏に追いつめられる。

「逃げなさい、夏紀！」

怒鳴るように言われて、夏紀は頷いた。けれど一瞬の隙を突いて、近くまで来ていた男の一人が、及川めがけてバットを振る。

「っ……く」

左肩を殴られ膝をついた及川に、夏紀は覆いかぶさった。

「やめろ！　この人には、何もするな」

「お前が悪いんだぜ。おとなしくしてれば、コイツが怪我《けが》することもなかったんだからな」

バットで小突かれ、バランスを崩した夏紀は倒れてしまう。

しかし殴られてもまだ及川は守るつもりなのか、夏紀が頭を打つ寸前で手を伸ばし、両手で夏紀を抱きしめる。反動で及川が倒れ込み、夏紀は悲鳴を上げた。

「ごめんなさい！　僕のことなんて、どうでもいいのに……どうして……」

「私は君が大切だから、探しに来たんだ」

微笑む及川に、夏紀は堪《こら》えきれず涙を零す。

——ごめんなさい、及川さん。メールなんてしなければよかった。

もう抵抗できないと踏んだのか、男たちが近づいてくる。

しかしすぐに、状況は一変した。黒塗りのベンツが数台そばに止まると、いかにもヤクザといった風貌《ふうぼう》の男たちが出てくる。

初めは井上たちの仲間かと思ったが、彼らは顔色も変えずあっさりバットや鉄パイプを取り上げ、最後に来たバンにグループの全員を押し込んでいく。

井上たちも何が起こったのか分からず狼狽えるばかりで、逃げることもせず呆然《ぼうぜん》としている。

「佐和君だね？」

ヤクザのまとめ役らしい男が近づき、丁寧に問いかけてくる。頷くと、男は意外な名前を口にした。

「智音の兄です。弟がいつも世話になって……すみません、改めて挨拶します。そちらの方を、病院に運んだ方がいいですね。私どもの病院に連絡をしますから」

「いえ、この子の兄が院長を務める病院に運んでください。外科の専門医で、腕は確かです。それに、口も堅い。数日前に連絡を入れておいたから、いつ行っても問題はありません」

「分かりました」

どうして及川が、兄の職業を知っているのか。そして智音の兄が駆けつけた理由も、分からない。

疑問符ばかりが頭に浮かぶけれど、今は及川の容態を悪化させないことが最優先だ。

問いたい気持ちを堪え、智音の兄に促されてベンツに乗り込む。

意識はあるようだが、及川は後部座席に横たわって目を閉じてしまう。夏紀は咄嗟に、自分の膝へ彼の頭を乗せた。

「……膝枕をしてくれるなんて、初めてだね」

「喋らないでください。あ、病院は駅前の通りをまっすぐ行って……看板がすぐに見えます」

運転手に説明すると、ベンツが滑るように動き出す。振動が少ないので及川への負担は少ないだろうけれど、気は抜けない。

――俺のせいで、及川さんに怪我をさせた……。

倒れ込んだときにできたのか、こめかみにうっすらと血が滲んでいる。

涙を堪えていると、前に座っていた智音の兄が口を開く。

「今回のことは、智音にも伝えるよ。少々、ことが大きかったからね。情報提供してくれた弟に説明しないと、不公平になる」

「分かりました。でもどうして、お兄さんが来てくれたんですか？」

「先月、佐和君から妙な話を聞いたと教えてくれてね。薬絡みらしいから、覚えていたんだよ。最近このあたりで、未成年を使った薬の売買や売春に手を出してる新興のグループがいるとの情報もあってね。残念なことに、若い連中が思いつきで作った組織は見つけにくいんだ」

　どうやら井上が属していたグループは、チンピラをボスとした小規模のグループらしい。組として機能していれば横の連帯があるので、牽制《けんせい》できるが突発的に生まれる半グレと呼ばれるグループはヤクザでも手を焼いているのだと智音の兄が肩をすくめる。

「二人には申し訳ないが、見張りをつけさせてもらっていたんだ。弟から佐和君のことを聞いて、独断で調べた結果及川さんにたどり着きました。結果として、囮《おとり》のようなことをさせてしまってすみません」

　短い期間で及川の行動まで把握するとは、流石《さすが》にプロと言うべきなのだろうか。ともかく裏社会の恐ろしさを垣間見《かいまみ》た気がして、夏紀はぞっとする。

　だが及川は彼らのような手合いにも慣れているのか、淡々としていた。

「つまり、私たちが黒幕だと疑っていたわけか」

「最初はそうでしたが、佐和君の友人関係を探るうちに色々と出まして。面白い話でもありませんから、この件は忘れて下さい」

　一般人を巻き込んだ上に、これ以上内部事情を晒すのは恥になると苦笑する。及川も相手の気持ちを酌《く》んだようで、問いはしない。

「でもこれで主犯は割れるでしょうから、あとはこちらで処理します。昔からこのあたりを仕切ってるうちを無視して商売をしたからには、相応の対応をしないと面目が立たないんで」

　語尾にわずかな怒りを感じ、夏紀は薄ら寒くなる。

まだ警察に捕まっていた方が、井上たちも気楽だっただろう。

まるでドラマのような出来事なのに、信じられないほど呆気《あっけ》なく幕切れを迎えた。けれど夏紀自身の問題は何一つ解決していなかったと、すぐに思い出すことになる。


病院前の車止めにベンツが停止した瞬間、夏紀の背を冷たいものが伝い落ちる。及川が指示した時点で分かっていたことだけれど、できれば兄の病院は避けたかった。

兄の病院を訪れたのは、今回で二回目になる。一度目は、小学生の頃。兄の働いている姿が見たくて許可も取らず勝手に来てしまった。

子供のしたことだからと宥める看護師達を無視し、ロビーで兄に帰るように叱責《しっせき》されてから夏紀は近くを通ることさえしていない。

しかし緊急事態なので、家族間の問題は後回しだ。翠は運び込まれた及川と、なぜか付き添っている夏紀を見て一瞬驚いたようだったが、すぐに医者としての顔に戻り看護師たちに指示を出す。

及川の意識が途切れることはなかったので、彼自身が大まかに話をする。翠は看護師に血圧や採血の指示を出しつつ、取り急ぎレントゲンとＭＲＩを撮ってから他の検査も順次行うと説明をした。

「……肩の骨にひびが入ってるな。それと頭部の打撲もあるので、念のためしばらくは入院することになります。ご家族と仕事先には、私から連絡をするとして……それで貴方《あなた》は二人とどういったご関係ですか？」

　そこで智音の兄が改めて頭を下げると、無言で名刺を差し出す。途端に翠が眉を顰めたから、恐らく組の名が書かれていたのだろう。

「少し前、及川がいきなり夜中に電話をしてきたと思ったら、こうなることを危惧《きぐ》していたということか……」

　以前マンションで独り寝をした夜、及川が書斎に籠っていたことをふと夏紀は思い出す。翠と連絡を取っていたとすれば、あの時だ。

「この件は、こちらが責任を持って始末をつけます。医療費もすべて組の方へ請求をして下さい。それと、彼と夏紀君は被害者ですので、そのあたりは考慮して……」

「及川はともかく、夏紀は私の弟だ。家族のことに、口出ししないでもらいたい」

　きっぱりと切り捨てる翠の口調からは、何の感情も酌み取れない。

「そちらの組とは随分前から親交があったと父から聞いています。家業に関してとやかく言うつもりはありませんが、余り派手なことはしないで頂きたい」

「申し訳ない。それでは失礼致します」

　暗に『早く出て行け』と、兄は促している。ヤクザ者がロビーで院長と話をしているというのは良くないと判断したのだろう。

智音の兄はそれ以上何も言わず、二人に一礼すると裏口から出て行く。

「ヤクザに見えないな……」

「そういうものだ。あからさまに裏稼業なんて分かる格好をしていれば、どこからも嫌な顔をされる。彼らにとっても、不可抗力で関わりを持ってしまった側にとってもいいことはない。さてと、夏紀。どういうことか、説明しなさい」

腕を掴まれた夏紀は、項垂《うなだ》れたまま院長室へと引きずられていく。

途中でレントゲンの技師に呼び止められ、骨折はないが左肩のヒビが予想以上に複雑だと説明を受けた。

——僕のせいで、及川さんが……。

真っ青になった夏紀は院長室に放り込まれると、椅子に座るよう命じられ、ついでに翠の入れたほうじ茶を無理やり飲まされる。

「……兄さんは、及川さんから何を聞いてたの?」

「お前ががらの悪い連中に絡まれていると相談はされていた。お前を叱ろうと思ったが、及川が自分が守るからと言って聞かなくてな。全く、お前を頻繁に外泊させなければこんなことにはならなかったのだが」

自分の知らないところで、及川は気遣っていてくれたのだ。

そんなことも気付かず、嫌われたかも知れないなどと、下らないことで落ち込んでいた自分の馬鹿さ加減に泣きたくなる。

「僕……及川さんに大変なことした。どうしたらいいんだろう」

「気持ちは分かるが、お前が焦ってもどうにもならないんだぞ。ＭＲＩで検査もするし、問題があれば知り合いの脳外科専門病院に移す準備もある。まあ……あいつは悪運が強いからな。そう簡単に、死んだりしない」

随分と砕けた物言いに、夏紀はおずおずと問いかける。

「……及川さんと兄さんは知り合いなの？」

「及川とは中学時代からの腐れ縁だ。大学も学部すら違うくせに、なんだかんだと理由をつけて遊びに来ていたな」

嫌そうに話しているが、翠が他人の話をするなど初めてだ。だから彼なりに、及川を友人と認めているのだろう。

「こちらの事情は、以上だ。次はお前の番だぞ」

詰め寄られて、夏紀は逡巡する。もう隠し続けることはできない。

あきらめた夏紀は井上に誘われた日のことから、及川の愛人になった顚末《てんまつ》までを、かい摘《つま》んで話す。初めの方こそ額に血管を浮かび上がらせて聞いていた翠だったが、次第に表情が消えていく。

話し終える頃には、普段どおりの冷静さを取り戻し、冷たい目で夏紀を見据えていた。

「私はしばらく大きな手術が立て続けに入っているから、数日は戻れない。その間は静流と一緒に、真美の面倒を見るんだぞ。それと、くだらない理由で高校を休むな」

「……怒らないの？」

「馬鹿を叱っても、時間の無駄だ。さっさと帰れ、邪魔だ」

冷たい言葉が、全てを表していた。

――これなら、怒られた方がまだいいよ。

胸が痛くて泣きたくなるけど、瞳から涙が零れる前に翠の方が先に部屋を出ていってしまう。

「及川さん、ごめんなさい」

今頃彼は、検査を受けているはずだ。会いに行ったところで、翠の言うとおり邪魔にしかならない。

それに今、彼を前にして冷静でいられる自信などなかった。

夏紀はブレザーの袖《そで》で涙を拭《ぬぐ》いながら、逃げるように病院を後にした。


数日後、夏紀は今まで及川から貰《もら》ったお金をすべて封筒に入れ、病院を訪ねることに決めた。

背中を押したのは、意外にも次男の静流だった。

あれだけ外泊をしたときは何も問わなかったのに、今回ばかりは思うところがあったのか説明を求められた。翠からは事情を聞いていないようだったから、愛人の件は誤魔化すこともできた。

けれど夏紀は、静流にだけ嘘をつくのも不誠実な気がして、お金で繋がっていた人を本気で好きになってしまったと正直に話した。

勿論《もちろん》、相手が同性であることも含めて。

翠と同様に、呆れられるかと思いきや、静流は『お前の人生だ、本気なら応援してやる』と温かい言葉を告げてくれたのだ。

しかしすぐに静流は口調を厳しいものに変え、年上らしく夏紀を諭したのである。

『迷惑をかけたんだから、見舞いに行って謝罪なりなんなり誠意を見せてこい』と。

正直、及川と顔を合わせるのが怖くて、理由を付けては見舞いを先延ばしにしていたから、次男の叱責に項垂れるしかなかった。

ただ今回のことはそれ以上、家ではほとんど話題にならなかった。

翠も表面上は夏紀に対する態度は変わらず、及川と結んだ愛人契約の件を蒸し返すこともない。

だがいざ病院に行くとなると、罪悪感で胸が潰れそうになる。

知らなかったとはいえ、ヤクザのもめ事に巻き込んだ挙げ句に、命に別状はなかったものの及川にしばらくの休養を余儀なくさせた。

事務所は現役を退いていた及川の父と、同僚が手伝ってくれるらしく、仕事はそう滞らずに済んでいると翠から聞いている。

それでも平然としていられるほど、夏紀の神経は太くない。

及川が入院してから初めての日曜日、意を決して夏紀は病院を訪れた。

入院患者のいる一番端の階の個室が、及川の部屋だ。

「夏紀です。入ってもいいですか？」

「どうぞ」

柔らかい声が聞こえて、夏紀はほっとしつつも及川の反応が怖くてゆっくりと扉を開ける。

上半身を起こしてはいるが、ベッドから降りずに出迎えた及川を見て胸が痛んだ。

「先日は、ご迷惑をおかけしてすみませんでした。これ……」

ベッドの横に立ったまま、夏紀は、持ってきた鞄《かばん》から封筒の束を出して及川に渡す。

「このお金は？」

「今まで、及川さんに頂いたお金です。全てお返しします。それから入院費と怪我をして仕事をお休みした分も、働いて必ずお返しします」

元々は家出の資金として、机の引き出しにしまっていたものだ。こうなった以上無意味だし、むしろ迷惑をかけた分自分が支払いをする立場だ。

「私に返してしまったら、家出の資金はどうするつもりだい」

「家出は当分、諦めます。それより、及川さんが休んでいる間のお給料とか……治療費も僕に負担させて下さい。原因は僕なんですから」

「そのお金は、どうやって捻出《ねんしゅつ》するつもりだい」

「それは……」

問われて、夏紀は言い淀《よど》む。高校がアルバイトを禁止しているのは、既に知られている。それに奇跡的に許可が出ても、短期間で入院費や彼の給料を補填するだけの収入など、高校生の夏紀には稼げない。

だが一つだけ、夏紀にもできることがある。今は元友人となった井上が言っていた事を思い出す。

「……僕の体、売りものになるでしょうか……」

「夏紀、まさか」

眉間《みけん》に皺《しわ》を寄せる及川を遮って、夏紀は言葉を続ける。

「初めての時みたいに、騙して泥棒するつもりはありません。食事したり……少し触らせるだけでも、かなり稼げるってネットで見ました。登録すればすぐ相手を紹介してくれる専用のサイトもあるし、今日からでも仕事をします」

——嫌だけど、仕方ない。僕の自業自得だ。

及川に許しを請える立場ではないから、一番確実に早く稼げる方法で彼の被った損失を補填するほかないのだ。

「二度と体を売るような真似はしないと約束してくれたのは、嘘だったのかな?」

「最後まではしません。少し触られるだけです」

当たり前だが及川以外の相手と、セックスをするつもりはない。しかし及川は眉を顰めたままだ。

「だって僕は、他に働く方法を知らないから……足りないようでしたら、時間はかかるけど何とかして用意します」

見知らぬ相手に触られるのなんて、絶対に嫌だ。でも及川の受けた損失を考えれば、確かに生ぬるい方法では稼げないだろう。

俯《うつむ》いて、込み上げる涙を隠す。お金は返しても、正確な損失金額など夏紀には知りようがない。

大金ということだけはなんとなく思い浮かぶので、自分が納得するまで彼に返済しようと心に決めていた。

「まったく君は、仕方のない子だ」

「…すみません……僕」

「私が怒っているのは、損失とかそういったことではなくてね。大体今回のことも、君は被害者だ」

「僕が子供だからって、気遣わないで下さい。僕が安易に、及川さんへメールをしなければこんなことにならなかったのに」

「君は悪くない」

「僕なんてどうなってもいいんです。兄さん達だって、僕があのまま不良グループに入れられていれば、縁を切るいい口実に……」

「止めなさい、夏紀！」

気まずい沈黙が落ちる。

そんな重苦しい空気の中、まるで見計らったように翠が入ってきた。

「回診だ。おい！　弟を虐《いじ》めるな、貴《たかし》」

「泣き顔が可愛くてね、つい」

理由は言わず、あえて茶化す形で濁してくれた及川の機転に夏紀は感謝する。兄は言い争いを追及することもなく、二人を交互に眺めて肩をすくめる。

「相変わらずだな。それだけ元気なら、近々退院できるぞ。何度脳の検査をしても、一つの異常も出てこないしついでに内臓も呆れるほど健康だ。ただし夏紀。こいつは頭は良いが、性格は最悪なんだ。気を許すんじゃない」

本気で嫌な顔をしている兄に、夏紀は少なからず驚く。どんな時でも、翠はほとんど感情を表に出さないからだ。

「ともかく夏紀、今回の件に関してはお前は反省したのか？　下手をしたら、取り返しのつかない大事になっていたんだぞ」

「ごめんなさい、もう迷惑かけないから」

「当たり前だ。何をしてもいいが、こっちの手を煩わせるな」

表面的には夏紀を心配している良き兄だけれど、翠が面倒だと思っているのを、薄々夏紀

は感じ取る。

「……ごめんなさい」

「謝ってすむことじゃない。お前はどうして……」

「翠、その言い方はないだろう！」

初めて及川が、兄に対して声を荒らげた。

穏和な表情は消え、鋭く翠を見据えている。

その迫力に、さすがの翠も口を噤《つぐ》んでしまう。

「人付き合いが苦手だと知ってたが、家族にまでこうだとは思ってなかった。夏紀が自己否定に走るのも、仕方ない。全部お前が原因だ」

夏紀に代わり、及川が諭すように佐和家の歪《ゆが》みを指摘する。さすが弁護士だけあって、話し方が上手い。

「何を急に……私は家族の中心として、果たすべき責務はこなしている」

「心配の仕方が間違っているんだ。だから夏紀が勘違いして、売春まがいに走ったんだろう。いい加減、非を認めろ」

きっと夏紀であれば途中で支離滅裂なことを叫んで終わってしまうような内容を、適度な感情を織り交ぜて翠の理解を得られるように話してくれる。

「夏紀は、家庭内で必要とされていないと思い込んでいる。お前ともう一人の兄に嫌われていると、勘違いをしたまま育ってしまったんだ。大人しくお前の言うことを聞いて、家から追い出されないように必死だったんだぞ」

「まさか、そんな……」

「だから追い出される前に、自分から家を出ようとまで思い詰めたんだ。現にその費用を稼ぐために、売春を選択したんだぞ」

初めは無関心であることを翠は否定していたが、真摯な及川の説得を聞くうちに思い当たることがあったようだ。

「お前は、勉強さえしていれば問題ないと思っていたんだろう？　夏紀は家事もできるし、成績もいい。大人が理想とする子供だ。けれど私達だって夏紀の年頃には、馬鹿げたことの一つや二つしただろう。お前がアイドルの追っかけをしていたのを忘れたとは言わせないぞ」

「貴……今それを言うか……」

余程思い出したくない過去なのか、翠が耳まで真っ赤になる。

――翠兄さんでも、焦るんだ。

衝撃的な過去だが、それよりも冷静な翠が先程から感情を露わにしていることの方がめずらしくて夏紀はただ驚く。

それから数分間、説教という名の下に黒歴史を暴露された翠は、最終的に夏紀に謝罪までしてくれた。

「――私も静流も、夏紀を疎外していたわけではないんだ。しかし、そう思わせていたのなら、私の責任だ。すまない」

「ううん。僕も馬鹿なことをして、ごめんなさい――父さんの件で、僕が兄さん達から面倒だって思われているのは知ってるし。学費を払ってくれただけでも有り難いって思ってます」

「夏紀？　何を言っているんだ。お前の父親に関しては、私も静流も母方の親族と疎遠になる理由ができて逆に感謝をしているが」

意味が分からず夏紀は小首を傾《かし》げる。これまでずっと、ホストである父が母を騙し、借金を踏み倒して逃げたと親族から聞かされた記憶しかない。それを正直に話すと、翠が顔を歪める。

「それは親族の考えた嘘だ。お前の父はホストだったが、彼なりに堅実に働いて自分の店を持っていたんだ。けれど遺産の取り分が減ると思い込んだ親族が、借金をしたと実家に吹き込んだ挙げ句店に嫌がらせまで始めて……幼いお前にまで危害が及ぶのを恐れて、彼は逃げるように離婚をして去ったんだ」

初めて知らされる事実に、夏紀は絶句した。代わりに及川が疑問を口にする。

「何故それを話してやらない」

「てっきり母が話していると思い込んでいたんだ。しかし母は……夏紀に本当のことを言うと、父の行方《ゆくえ》を捜そうとすると考えて黙っていたのかも知れない」

母からすれば、夏紀は姿を消した父と繋がる唯一の存在だ。もし夏紀が父を追って何処《どこ》かへ行ってしまったらと考えると、とても言い出せなかったのだろう。

「誤解が誤解を生んで、どうしようもない状態ということか。仕事が忙しいのは分かるが、一度兄弟で話し合え」

「ああ。兄として、落ち度は認めるよ」

ため息をつき肩を落とす長男を初めて見て、夏紀は目を見開く。

退院したら改めて第三者である及川の立ち会いの下、これからのことを話し合うと約束したところで看護師が翠を呼びに来る。

慌ただしく翠が出ていくと、やっと及川が笑顔を見せた。

「これで少しは、変わるだろう。話し合いも、私がいた方がみんな冷静になるだろうからね」

「ありがとうございます」

「いいんだよ。あいつはこのくらいキツく言わないと、認めないからね」

手招かれて、夏紀は及川のそばに腰を下ろす。久しぶりに彼の体温を近くで感じて、鼓動が速くなった。

「夏紀、そのお金はまだ預かっていてくれないか？　どうしても謝罪をしたいと言うなら……時間が取れる日は、お見舞いに来て欲しい」

「分かりました」

「それと大切な約束をして欲しい。決して、自分を売るようなことはしてはいけない」

「……はい」

真摯な眼差しを向けられ、夏紀も神妙な面持ちで頷く。

「あともう一つ。私は夏紀を、もっと側に感じていたいんだ」

右手が伸ばされて、夏紀を手招く。

——及川さん……。

大きな掌が夏紀の頬を包み、優しく撫でる。彼に怪我をさせてしまったことへの罪悪感と、不幸中の幸いで後遺症は残らないと知り安堵《あんど》する気持ち。他にも色々な思いが絡み合って、夏紀はぽろぽろと涙を零す。

「ごめんなさい。巻き込んじゃって、ごめ……なさい……」

「泣かないでくれ、夏紀。君は何も悪くない。少し進む方向を間違っただけだ。もう心配ないよ」

彼に引き寄せられるようにして夏紀は、ベッドの端に手を置き自分から及川に唇を寄せた。


翌日から、夏紀は及川の病室に通い始めた。

見舞いと言うより、彼の身の回りの世話がメインになっている。及川の家は母親が亡くなっており、父と従業員は彼の穴を埋めるために仕事にかかりきりで、見舞いも毎日という訳にはいかないらしい。

なので夏紀は、洗濯物やどうしても及川のサインが必要な書類を届けたりと、毎日忙しくしている。おかげで及川の父とも顔見知りになり、『息子の友人でもある院長の弟で、気の利くアルバイト』という認識が為《な》されていた。

本当のことを言ったら大問題に発展するのは目に見えているので、夏紀もあえて否定はせず学校が終わると及川の事務所と病院を往き来して甲斐甲斐《かいがい》しく世話をしていた。

表面的には、お互い確執もなく良好な関係に戻っている。でも夏紀は、この平穏な時間が長くは続かないと覚悟していた。

——僕が馬鹿なことをしたから、及川さんが巻き込まれた。

彼の優しさに甘え、頼った結果がこれだ。たとえ本気で及川が許すと言っても、彼の周囲が黙っていないだろう。何より及川の言葉に甘えてしまうことを、夏紀自身が許せないでいる。

いくら及川が夏紀を愛人として扱っていたとしても、証拠は夏紀自身の証言だけだ。最初に誘ったという点を問い詰められれば、非は夏紀にあると言われても仕方がない。

こうして日々面会に訪れ、身の回りの世話をするのは謝罪の意味もあるけれど、半分は彼の側に少しでも長く居たいという邪《よこしま》な感情があるせいだ。

——やっぱり僕は、駄目な人間だ。ちゃんと謝らなくちゃいけないのに、及川さんと話してるだけで幸せな気持ちになる。

退院すれば及川も冷静になって、自分との関係を考えるだろう。そうしたらきっと、自分は捨てられる。

なし崩しに関係が切れるのは、なんとなく嫌だった。はっきりと別れを告げ、二度と関わらないと約束した方が及川も安心するだろう。

——もし及川さんの、周りの人に本当の関係が知られたら僕は厄介な存在だ。

母と実家の確執が酷かった頃、お節介な親戚が夏紀が一人でいる時を狙《ねら》って家に来ては、夏紀の存在がどれだけ佐和家に不必要か、そして財産で揉《も》めるかなど善意を装っては色々と言ってきた。

子供には難しい内容だったけれど、夏紀が疎まれているということだけは分かったので、世間体とかそういった単語には敏感になってしまっている。

夏紀は考えた末に、落ち着いて別れを切り出そうと決心した。ただどのタイミングで告げればいいのか分からず、時間ばかりが過ぎていく。

「——今日も来たのか。看護師長の言ったとおりの時間か」

「翠兄さん……」

入院病棟の入り口で、珍しく兄と鉢合わせをする。どうやら兄は、自分が来るのを待っていたらしい。

「まるで新妻だな。あんな男にここまで尽くすとは……私は悲しい」

「兄さんにも迷惑をかけて、ごめんなさい」

「勘違いをするな。私はお前に怒っているわけじゃない、むしろ家事と真美の面倒を見ながら、見舞いも欠かさないお前を尊敬している」

そんなことを言う性格じゃないと思ってたから驚いて言葉もない夏紀に、翠が続ける。

「怒っているのは、及川に対してだ。今日の回診でやつが私を『義兄《にい》さん』なんて呼ぶから、鳥肌が立ったぞ。全く、お前に不埒《ふらち》な真似をしておいて、本気で反省しているのか疑わしい」

夏紀に呆れているのではなく、及川が気に入らないだけらしい。

「もしかして……兄さんは、僕のことを心配してくれてるの？」

「私はお前の兄だぞ。家族の幸せを願って当然だ」

仕事ばかりで母を忌み嫌っている兄が、実家との完全な絶縁の引き金となった自分に対して、そんなことを考えているとは思ってなかった。

「私も静流も、母に対して良い感情は持っていない。けれどお前に罪はないだろう。いっそ反抗的な態度を取られていれば、こちらもそれなりの対応をしたが……」

言いにくそうに、翠は咳《せき》払いをする。

「真美もそうだが、健気《けなげ》な態度を取られて邪険にできるほど酷い人間じゃない。ずっと思い違いさせていたなら、すまなかった」

ぽかんとして見上げる夏紀の頭を、翠の手が掠《かす》める程度にそっと撫でた。多分、誰かの頭を撫でるなんてしたことがないから、加減が分からないのだと気付く。

なのに夏紀の信頼を得ようとして、兄は精一杯のスキンシップを取ってくれているのだ。

「及川との関係は、正直に言えば許しがたい。しかしお前が幸せなら、止める権利はない。これからことは、二人で決めなさい。ただ、どういった形になっても、私も静流もお前の味方だ」

「ありがとう。兄さん」

「今週中には、退院できるだろう。あいつも忙しいから、話したいことがあれば今のうちに話し合っておくんだぞ」

言われて、夏紀は己の決意を思い出す。

いつまでも誤魔化してはいられない。


「こんにちは、及川さん」

「夏紀」

怪我は肩のヒビと頭部の打ち傷だけで、点滴など動きを制限する器具は付けていない。今日も及川はベッドから身を起こし、仕事で使うノートパソコンに目を通していた。

「洗濯物、届けに来ました。それとこちらは、事務所からの書類です」

「ありがとう。面倒をかけてすまないね」

「いえ……これくらい当然です」

鞄から着替えや、頼まれていた本などを出して備え付けの机に置くと、夏紀はベッドの横にある椅子に座る。

「夏紀、なにか忘れていないかな？」

促されて、夏紀は頬を赤らめながら及川にキスをする。兄が気を遣って一人部屋にしてくれたのは有り難かった。

「……あ、あの。もうこれ恥ずかしいから、止《や》めませんか？」

「おや、私に逆らうのかい？」

威圧感はなく、優しいだけの微笑みを向けられる。離れようとすると、片手で首筋を愛撫するように撫でてくるから、夏紀は真っ赤になった。

「怪我をしてるんだから、悪戯《いたずら》しないで下さい」

夏紀は気恥ずかしい気持ちを誤魔化そうとして、少し前から思っていた疑問を問いかけてみる。

「聞きたかったんですけど、どうして僕が翠兄さんの弟だって分かったんですか？　そんなに顔は似てないと思うけど」

母は同じでも、父親が違うので説明しなければほとんどの人は兄弟とは思わない。それは夏紀も承知しているので、不思議に思っていたのだ。

すると及川は、予想もしていなかったことを話し出す。

「似てるから気づいたんじゃないよ。初めから君が、佐和夏紀だと分かっていた」

わけが分からない夏紀に、及川は笑顔で続ける。

「私が高校生のときかな。君の家で勉強会をしたことがあったんだよ。そのとき見た君があまりに可愛くて……最初は妹かと思ったほどだ。弟だと翠から教えられても、ずっと君のことが忘れられなくてね」

そういえば翠が大学受験を控えた夏休みに、兄の友人が来ていたような気がする。けれどおやつを用意するだけだったので、夏紀は名前すら覚えてない。

「流石に初めは、恋愛対象としては見ていなかったけれどね。気がついたら、好きになってた」

つまりそれは、年単位で及川が自分の成長を知っていたという意味になる。

「初めはって、僕会った記憶がありません」

「これまでも何度か家には行ったことがあるんだよ。けれど、君は殆《ほとん》ど姿を見せなかっただろう？」

「お客さんの前にはなるべく出るなって、兄に言われていたから」

当時は出来の悪い弟を表に出したくないからだと思っていた。しかし翠の気持ちが分かった今は、兄なりに歳の離れた弟が心ない知人や親戚から好奇の目で見られるのを防ぐためだったと分かる。

「最近は私も翠も仕事が忙しいから、会うのもままならなくてね。君の顔が見たくて、用もないのに家の前を通ったりしたよ」

「なんでそんなことしたんです！」

「君に惹《ひ》かれたからだよ。私は夏紀を片時も忘れたことはなかった」

及川の熱烈な告白に、頭がぼんやりとして夢を見ているような気持ちになった。

——なんの取り柄もない僕を、ずっと覚えてくれたんだ。

夏紀からしてみれば、若くして弁護士事務所の主戦力となって働く及川は、雲の上の存在だ。そんな立派な大人が、自分みたいに平凡な高校生に思いを寄せていたなんて信じられない。

「いきなりあんなふうに声をかけられて驚いたけど、すぐチャンスだと思ってね。君を捕まえることにしたんだ。夏紀が想像以上に無垢で、楽だったよ」

真面目に見えるけど、言っている内容はかなり強引で過激だ。

「今まで君に使った薬は、翠に頼んで特別に調合してもらったハンドクリームだ。書類を扱うことが多いから、市販のだとどうしても使い勝手が悪くてね。まさか本気で媚薬と信じるなんて思ってなかったから、正直驚いた」

「ハンドクリーム……じゃあ、媚薬は嘘……」

「ストレスが溜まっていたのも、自己暗示に拍車をかけたんだろう。人の心は逃げ道を示されると、嘘と分かっていても信じてしまう。小麦粉を健康食品と偽って飲ませると、半数程度は体調が良くなるという実験と同じ仕組みだ」

「偽薬の話は聞いたことがありますけど」

まさか自分が、そんな暗示にかかっていたなんて考えたこともなかった。というか、今だって首筋を撫でられただけなのに、腰の辺りが疼くほど完全に調教されてしまっている。

あっさりと薬の種明かしをする及川に、夏紀は面食らう。いったいどういう意図なのか問いただす前に、彼の方から一つの提案が突きつけられた。

「これで君が、私に抱かれる理由はなくなったわけだ」

「……はい」

事実なので反論のしようもない。

それにこれだけの迷惑をかけておきながら、まだ愛人に拘《こだわ》るのは失礼だと夏紀も思っていた。

「僕はもう、愛人じゃないんですよね」

及川の言葉を確かめるみたいに、ずっと胸に蟠《わだかま》っていた疑問をぶつける。

「ああ――」

頷く及川に、自分がまだ否定の言葉を望んでいたと気がついて、夏紀は自分が情けなくなった。冷静に肯定され、ひどく悲しい気持ちになっているのに不思議と涙は出てこない。

『許す』と言ってくれた及川を疑っていないけれど、額面通り受け止めて何事もなかったかのような関係に戻るのは難しい。及川に甘えっぱなしでは、また彼に迷惑を掛けることに繋がるだろう。

――へんなの。悲しいのに……涙がでない。

この数日、及川と居る時間が幸せだったせいか、別れの現実味がない。なにか言いたげな及川を遮って、夏紀は縋るように見つめる。

「あの……もう一度キスしてもいいですか？」

「勿論だよ。おいで、夏紀」

言葉を承諾と取り、最後のキスと思って夏紀は自分から口づける。今度は自分から唇を開き、舌を絡める深いキスを強請る。

「……ん……及川さん……」

迷惑をかけた及川のそばには、もういられない。

好きだと言う言葉を必死に抑え、夏紀は唇を離す。そして夏紀は深く頭を下げると病室を出た。


あれから井上たちのグループは智音の兄によって解散させられ、学生は皆別々の学校に転校させられたと夏紀は知らされた。

仕切っていたリーダー格の男や定職に就いていない者は、寮のある会社へ入れたと聞かされた。

どうやら智音の親が裏で手を回し、『警察沙汰《ざた》にしない代わりに、厳しく更生させる措置』を取ったらしい。

昼休みに購買で買ったパンをかじりながら、笑顔で話してくれた智音に、夏紀はやはり自分と彼とは違う世界に生きているのだと思い知らされる。

「うちの親、今どきのヤクザらしくなくて、子供と堅気には優しいんだよ。放っておけばいいのに、わざわざ全寮制の学校に話付けて編入させて腐った根性を叩き直させるんだってさ。おまけに成人してるヤツラは就職の面倒も見るなんて、優しすぎだろ。あの様子だと来年辺り、本気でヤクザ廃業して、更生施設でも立ち上げるんじゃないかって母さんが言ってた」

けれど話を聞く側の夏紀の顔は、どうも浮かない。真美とお揃いで作ったキャラ弁のミートボールをつつきながら、不安を口にする。

「それなら僕も井上と同じことをしてたんだから、智音のお父さん怒ってるだろ。その……クスリとか、売春とかさ……僕とこんなふうに話してていいの？　無理して話してるなら、気にしなくていいよ」

「父さんからしたら、夏紀は被害者だからお咎《とが》めなしだって。薬は偽薬だしな。あと愛人だけど、夏紀が嫌々やってたなら、ちょっとは考えたけどさ。マジで好きなら、口出しすることじゃねえし」

「智音っ」

真っ赤になって睨むと、智音が大げさに肩をすくめた。

「授業中、ずっと見慣れないスマホ気にしてさ。恋愛してますって空気ダダ漏れ、見てるこっちが恥ずかしくなるっての」

思わず胸のポケットを押さえるが、もう及川から貰ったスマートフォンはない。翠に頼んで、及川に返してもらったのだ。

その際、怪訝《けげん》な顔をされたけれど『もう必要ないから』と告げたら、特に詮索《せんさく》はされずに済んだ。

「そのくらいお前、挙動不審なんだぞ。クラスの連中が俺に聞きに来るくらい、心配されてるぜ。気づかなかったのかよ？」

「……え……うそ」

「俺もお前のこと言えねえけど、クラスの連中はけっこう俺達が浮いてんの気にしてるみたいでさ。こんどカラオケ行こうって誘われた。お前も一緒にな」

複雑な家庭が災いして、周囲から距離を置かれていると思っていたのはどうやら自分達だけらしい。

――兄さん達もそうだけど、クラスのみんなも別に嫌ってた訳じゃないんだ。

どう接していいのか分からないと、翠が言っていたのを思いだして夏紀は納得する。

「そんでどうするんだ」

「何が？」

首を傾げると、今度こそ本当に呆れ返った顔で見つめられる。

「愛人だなんて言っても、気持ちに決着つけてないんだろ？　そんなに好きなら、告白してこいよ」

「……もういいんだ。それに及川さんからは、愛人じゃないって言われたし……退院したら個人的に連絡を取るの止めようって決めてたから……」

先日、病室でキスをしてから及川とは一切連絡を取っていない。スマートフォンは返しており、病院や彼の自宅マンションにも近寄ることすらしていなかった。

話し合いの時には兄達も一緒にいるし、彼の入院費も振込先を聞いて定期的に返済しようと考えていたから、あくまで事務的な遣《や》り取りだけになる。

胸が痛んで、気を抜くと泣いてしまいそうになるけれど、及川の立場を考えれば別れるのが最善の選択だと思う。

「あのさあ、夏紀。それって相手が、夏紀を恋人として見てるって意味じゃん」

「……そんな都合のいいこと、あるわけない。及川さんは大人で弁護士で……僕と違って、社会的な立場もあるし」

「ばーか。『好きになったら、そんなの関係ないんだよ』。格好いいだろ、この台詞《せりふ》。兄ちゃん所蔵の少女漫画の決め台詞の受け売りだけどな」

「え、お兄さん…告白って……え…？」

夏紀と及川を病院へ運んでくれた、黒スーツの青年の顔が頭を過《よぎ》る。智音より上背《うわぜい》があり、体格もよく格闘家みたいなあの人が少女マンガ好きとは意外にも程がある。

「放課後、行けって。男なら根性見せてこい」

結局自分は、誰かに背中を押してもらえないと動けないようだ。情けないと内心反省していると、見透かしたように智音が手を伸ばしいきなり頬をつまむ。

「暗い顔してんじゃねえよ。夏紀は真面目だからぐだぐだ考えてんだろ？　好きになったのは仕方ないし、腹くくって告れ！」

「う……うん」

完全に毒気を抜かれた夏紀は、深く考えず頷いてしまう。

「もしここに来て嫌だとか抜かしやがったら、一発殴って押し倒してヤっちまえよ」

「……それは……無理だよ」

そこまでは流石にと言いかけた夏紀の肩を、智音が叩く。

「バカだな、夏紀。折角恋愛フラグ立ってるのに、自分でへし折ってどうすんだよ」

「ふらぐ？」

訳が分からず聞き返すと、智音は机に突っ伏して笑い出した。大真面目に及川との別れを話したのに、こんな反応を返され流石に夏紀も智音を睨む。

「酷いよ。僕、失恋したのに」

「だから、それはお前が思い込んでるだけだろ。相手はそう思ってないんじゃねーの？　そうやって最初から諦めてたら、自分で可能性潰してるようなもんだろ。相手は頭のいい大人で、俺達はまた高校生。力押しで行くしかねーじゃん」

物騒なことをけしかける智音に、夏紀は呆気にとられる。

でもお陰で、肩の力は抜けた。

「……力押しなんて……いいのかな？」

「お、その気になったみたいだな。普段大人しい相手から迫られると、結構その気になるんだよ。ギャップ萌《も》えってヤツ。夏紀、決意が揺るがないうちに告白しろよ！」

「うん。ぎゃっぷもえとか僕は分からないけど、やってみる」

爆笑する智音を前に困惑する物静かな優等生という図に、クラス中の視線が集まっていたが、今はまったく気にならなかった。


結局、夏紀は智音に背中を押される形で及川のマンションを訪ねた。

「あ、番号……知らない」

ロビーに入っても、その階ごとに通じるエレベーターを動かすには、暗証番号か部屋の鍵が必要になる。以前、及川が合い鍵を渡そうとしてくれたけど、あの時はまだ愛人として扱われているという意識が強くて、断ってしまったのだ。

――暗証番号も聞いてない。鍵の時に断ったら、それっきりになったんだっけ……。

今更後悔しても遅い。踵《きびす》を返して帰りたかったけれど、何も話さず戻る方が失礼だ考え直す。

――そうだ、携帯にアドレス入れたんだっけ……門前払いされたら、大人しく帰ろう。

智音に『別れるつもりだ』なんて啖呵《たんか》を切っていたのに、実は未練がましく携帯に彼のメールアドレスを移していたのが幸いした。

怪我の療養もあるのでしばらくは自宅勤務だと聞いていたから携帯で連絡をすると、すぐに入り口のオートロックを解いてくれた。

指示されたとおりエレベーターの暗証番号を押し、彼の住む階のボタンを押す。

入院している時から、及川は『自分が無謀な行動をした結果、怪我をしたのだから、夏紀に気にされると私も辛い』と言って、夏紀からの謝罪はどうしても受けてくれなかった。病室で押し問答をするのはどうかと夏紀も思ったので、顔を見る度に謝りたくなる衝動を抑えていたが、及川が退院した今ならきちんと謝れるだろう。

――及川さんだって、翠兄さんの病院じゃ遠慮してたかもしれないし。

罵倒《ばとう》されるのも覚悟して夏紀は深呼吸をするとチャイムを鳴らす。思いがけず扉は早く開いて、夏紀は久しぶりに見る彼の姿に動揺してしまう。

「あ、あの。ごめんなさい！」

まともに視線を合わせられなくて、夏紀は深く頭を下げたまま動けない。告白はするつもりだけど、それよりも謝罪が先だ。

「僕のせいでお怪我をさせてしまって、申し訳ありませんでした」

「気にしなくていいと言っただろう。そんなところに立ってないで、早く入りなさい」

優しい言葉に、自然と涙が浮かぶ。

自分のせいで迷惑をかけ怪我までさせたのに、及川は咎めようとしない。

その優しさに甘えてもいいのかと、改めて迷いが生じる。だが手ぶらで来たのだから、いまさら『お見舞い』だなんて見え透いた嘘はつけない。

リビングに通された夏紀は、泣きそうになる気持ちを必死に堪えてフローリングの床に正座をした。

「夏紀？」

「ごめんなさい」

自分の軽率な行動で、彼に怪我をさせてしまったことだけではない。面倒な事件に関わったせいで、及川の弁護士としての立場を危うくしかねない事態だったと、改めて兄から叱られたことを夏紀は話す。

今回は上手く事後処理が済み、ビルを不法占拠していたグループが警察に捕まらなかった代わりに、事件そのものがなかったことになった。しかし、及川の社会的地位が脅かされたことに変わりはないと、改めて翠から説明されて夏紀は自分のしでかした行動を深く反省した。

「――許してもらえないのは承知してます」

「落ち着きなさい夏紀。ほら、立って。ソファに座りなさい」

促されても、とても及川の顔をまともに見られず夏紀は膝の上に置いた両手を握りしめ、首を横に振る。これから話すことを聞けば、及川は優しくなんてしてくれないだろう。

それでも一縷《いちる》の望みをかけてしまう自分を、酷く惨めで浅ましいと感じる。

「お願いしたいことがあって来たんです」

「……言ってごらん」

項垂れた夏紀の前に、及川が膝をつく。そこで改めて視界に映った彼はスーツ姿で、額の端にガーゼを当てていなければ仕事場から帰宅したばかりのように思えた。

「あの、もしかして仕事行ったんですか？　疲れているのに、すみません」

「いいや、実はこれから出かけようと思っていたんだ」

返された言葉に、夏紀は絶望的な気持ちになった。自分が突然訪ねたことで、彼のスケジュールは狂ってしまった。この状況で頼みごとなど、聞いてもらえるはずがない。

「僕、帰ります」

結局最後まで迷惑をかけてしまったと焦る夏紀の頭を、及川がそっと撫でる。

「気にしなくていいよ。私としては、手間が省けたからね。それより頼みごとを聞かせてもらえるかい？」

彼の答えがどういったものでも、時間を取ってくれたのだから言わなければ失礼に当たる。

夏紀はあきらめて、及川に思いを伝えようと口を開く。

「とても身勝手なお願いです。えっと……あの……僕を、愛人じゃなくて……」

断られるのを前提に覚悟して来た筈なのに、いざとなると羞恥と不安で声が詰まる。

「ゆっくりでいい。焦らないで」

優しい声に、胸が痛くなる。はしたなく、自分勝手な頼み事だと夏紀が一番よく分かっているから、やっぱり伝えるのを止めようかと考える。

けれど何でもないと言える雰囲気ではなくなっていた。夏紀は意を決して、及川に告白する。

「僕を及川さんの、恋人にしてください」

呆れられるか、ふざけるなと叱られるかどちらかだと思い込んでいた夏紀は、どんな答えが返されてもみっともなく縋るような真似はすまいと唇を噛み締める。

判決を待つ被告のような思いで彼の返事を待っていたが、返ってきたのは予想もしていない言葉だった。

「なんだ、そんなことだったのか。私は元々、君を恋人にするつもりだったよ」

「……えっ」

思わず顔を上げると、涙で潤む視界にとても嬉しそうに微笑む及川が映る。

「スマートフォンを翠から渡されて、君に嫌われたと思って焦っていたんだ。けっこう思い詰めてて、君を攫《さら》うべきか真剣に考えてもいたよ」

真面目で自分よりずっと大人な及川が、そんな犯罪のような事を考えていたなんて驚きだ。でもそれだけ自分を想ってくれているのは、正直嬉しい。

「君を口説きに行く準備をしていたんだよ。正確には、翠に許可を貰うためにね。反対されても君を貰うつもりでいたけど、あいつは言っておかないと後々煩いからね」

「じゃあ、僕……及川さんの、恋人になっていいの？」

拍子抜けした夏紀の頬を、涙がこぼれ落ちる。

つい数秒前まで悲しんでいたのに、今は嬉しくてたまらない。混乱したまま泣きじゃくる夏紀を、及川が抱きしめてくれる。

「だって…及川さん、僕のことは愛人だって何度も言ってたから」

「言い聞かせないと、君が離れてしまいそうで怖かったんだ。そうだ夏紀、エレベーターだけれど、降りる時も番号入力が必要だって気がついていなかったのかい？」

急に話題が変わって、夏紀は小首を傾げる。

「部屋の合い鍵を断ってから、及川さんのマンションに出入りする時はずっと一緒だったし……余り気にしてませんでした」

帰宅するときは必ず、及川はマンションの玄関まで夏紀を送りタクシーに乗り込むまで見守ってくれていた。だから暗証番号を覚える必要がなかったというのが、正直なところだ。

「あれはわざと教えないで、君が勝手にマンションから出られないようにしていたんだよ。非常階段は常に警備員がモニターで監視していて、不審者が出入りすれば住人に連絡が行くようになっているんだ。」

想像以上に厳しい警備が敷かれていると知り、夏紀は単純に驚いた。けれどそれがどうして、自分に番号を教えなかったことに繋がるのかぴんとこない。

「私は嫉妬《しっと》深くて、卑劣な男だ。君と二人で過ごす時間を少しでも長く得たいと思って、君が何も知らないのをいいことに軟禁紛いのことをしていたんだよ。私がその気になれば、君を部屋に閉じ込めておくことだって、簡単だ」

確かに及川なら、できると思う。

夏紀だけでなく、学校や高校そして家族も上手く言いくるめるなんて、彼にしてみれば大したことではない。それをしなかったのは、夏紀を大切に思っていてくれたからだ。

「嘘の薬を使って愛人にしたのも、私に依存させる為だよ。それと愛人料金を払い続けたのは、君の性格からしてお金を受け取ったら、一方的に関係を切れないだろうと思ったからだ」

とんでもない言い分に、夏紀は驚きを隠せない。

――翠兄さんの言ったとおり、及川さんて結構悪い人？

最初から最後まで騙していたと告白されたも同じだが、本人は優しく微笑んでおり反省する様子もない。なのに不思議と、嫌な感じはしない。

話をしていくらか疑問点が解消され、夏紀の緊張が和らぐと今度は及川が問う。

「あれから、お兄さん達と多少は話せたかい」

「はい。及川さんが翠兄さんに言ってくれたおかげできっかけができたんです……まだぎくしゃくしてるけど、前よりは良くなったと思います」

変なプライドがあって夏紀に打ち解けられなかったと翠は言い、改めて謝られた。

次男の静流は元々の口べたなので、やはり彼からも『言葉が足りなくて悪かった』と言われた。

「今度は及川さんも交えて、話がしたいと翠兄さんが言ってました。やっぱり第三者がいた方が、冷静な視点で物事を考えられますよね」

「夏紀、それは違うと思うよ。翠が私と話したい内容の主題は、君との関係だ。しかし反対されても貰うけどね」

言われて頬が熱くなると同時に、夏紀が翠の前で及川の話をするとまるで嫁入り前の娘を持つ父親のように不機嫌になると思い出す。

結局のところ、三人とも奔放すぎる母に翻弄《ほんろう》され、ろくに打ち解ける時間もないまま強引に家族にされたことがぎくしゃくする原因になったと気付かされたのだ。

それぞれ事情を抱えた子供達をフォローすべき母は家に戻らず、父親も不在となれば、どうしていいのか分からなくなる。

話し合いをしようにも、どこからきっかけを作ればいいのか手探りの状態が長引き、結果として拗《こじ》れたというのが結論だった。

また及川を交えてゆっくり話をしようという結論に達したので、全員問題解決をしたい気持ちがあると確認できただけでもかなりの進展だった。ただこうして、自分だけは家庭内の相談ではなく、個人的なしかも恋愛の話をしに来たことを夏紀は思い出して恥ずかしくなる。

やはり自分は、家族のことよりも自分の気持ちを優先にして行動する馬鹿な子供だ。

「ごめんなさい、僕。自分のことばっかりで……」

「夏紀が考えていることはなんとなくだが分かるよ。でも私は、君がこうして訪ねてきてくれたことを嬉しく思っているのだから、気にしないでほしい」

不安を言い当てられて、夏紀は及川に尊敬の眼差しを向けた。

「やっぱり及川さんて、凄《すご》いです。今もそうだけど、僕が本当は兄さん達を嫌ってないって見抜いてたなんて」

「家出をしたいなんていいながら、真美ちゃんの世話を放棄することはなかったし。何より兄弟の確執が単純な憎しみじゃないと分かったからね」

「どうしてですか？」

「家の話をするとき、投げやりではあったけどとても悲しそうだったから。本心では仲良くしたいのは伝わるよ。それに夏紀は、とてもいい子だ」

膝をついて抱きしめる及川に、夏紀は縋り付いた。誰からも必要とされていないと思っていたけれど、彼はずっと自分を見ていてくれたのだ。

「翠と静流君はちょっと堅物なところもあるけど、夏紀はそんな彼らにも心を開こうとしていたのは私にもすぐに分かったよ」

「それは、僕は何もできないから……せめて家の中では、明るくして兄さん達に認められたいと思った結果で……」

「ずっとそんなふうに考えて、生活してたのかい？」

「はい。父は逃げたと親戚から聞かされて……母が今の家に僕を連れて来てからも説明はなかったから、ずっと厄介者だと思い込んでて。そうだ、母とも話をしたんです」

優秀な兄たちが、奔放な母を苦手としているのは子供の夏紀でもすぐ気付いた。当然自分にも、冷たい視線は向けられる。

更には、佐和家の親族と名乗る大人達が時折現れて、夏紀のせいでどれだけ迷惑しているかこんこんと説教をしていくのだ。いくら翠が盾となっても、当時は夏紀を完全に守ることは不可能だったがある時を境にぷつりと親族の訪問が途絶えたと記憶している。

当時母が滅多に家へ帰らなくなったのは、夏紀に嫌味を言う親族の目を引きつけておくためにわざと派手に遊び回っていたのだと、数日前にスカイプで満面の笑みを浮かべた母から話された。

『他に方法はあっただろう』と呟いて頭を抱えた翠の顔は忘れられない。

けれど当時、そんな事情があるとは知らない夏紀は、この家から追い出されたら当然自分に行くところはないと子供ながらに結論を出す。そう思い詰めた夏紀は、せめて兄たちのストレスにならないように、幼い頃から家事を一手に引き受けて少しでも過ごしやすい空間を作ろうと努力していた。

「綺麗《きれい》にしてれば、人の心も穏やかになるって家庭科で習って。親戚の人たちも、僕が大人しく謝れば許してくれたから」

「よく頑張ったね」

誉められるようなことは、何一つしていない。夏紀にとって、これまでしてきたことは当たり前の行動なのだ。

けれどそんな家庭内の確執も少しずつ変化している。

真美の実父の赴任が長引くと連絡があり、兄弟で話し合った結果、翠がハウスキーパーを雇うことを承諾してくれたのだ。

当初翠は『他人を家に入れたくない』と渋り、夏紀と静流が学業と家事をこなしていたから問題はないだろうと楽観視していたが、今回の件で考えを改めたらしい。

おかげで来月からは、夏紀も自由な時間を持てるようになり部活動も始める余裕ができた。

「もしかして、及川さんが兄を説得してくれたんですか？」

「ちょっと助言しただけだよ。うちも一時期世話になっていたハウスキーパーの派遣会社だから、信用できる」

なにから何まで、及川は夏紀のことを考えて行動していたのだ。

「これで、夏紀の反抗期も一段落かな」

「…そうですね……」

及川は夏紀を抱き上げると、当然のように寝室へ足を向ける。

何をするつもりかなんてすぐに分かったけど、こんな展開は予想していなかったから、心の準備ができていない。

「どうしたんだい、夏紀」

「あ、あの……及川さん肩、痛いんじゃ……」

「平気だよ。君が大人しくしていてくれたら、なにも問題ない」

ベッドに降ろされた夏紀は、服を取り去ろうとする及川の手をそっと摑む。それを拒絶と取ったのか、及川がさりげなく離れようとしたので、咄嗟に彼の首にしがみつく。

「あ、あの、違うんです。ちょっとだけ、待って欲しくて」

「抱きたいけれど、無理強いをするつもりはないよ」

「ええっと、本当に平気。だから」

強がりではないことを示すように、夏紀は自らシャツのボタンを外して前をはだけた。

「夏紀？」

「僕だって、及川さんを感じたいです。でも……」

言い淀む夏紀に、及川が再び手を伸ばしゆっくりと制服を脱がしていく。その間も夏紀の気持ちを落ち着かせるように、触れるだけのキスを頬や額へ何度も落としてくれた。

甘くて優しい愛撫に、夏紀はぼうっとなる。

「その……全然してないから、及川さんが入らないかも」

久しぶりに感じる愛撫に溺《おぼ》れかけていた夏紀は、うっかりはしたないことを口走り耳まで赤くなった。

狼狽える夏紀を愛おしげに見つめて、及川が低く囁く。

「大丈夫だよ。痛い思いはさせない、じっくり愛撫して君の体を蕩《とろ》かしてから、ゆっくり頂くよ、夏紀」

「…及川さん……」

この声を聞いただけで、腰の奥が疼いてくる。見つめてくる彼の目は雄の欲を隠しもしない。

久しぶりの感覚に、夏紀は身震いした。

「あ…ん……っ」

溜息《ためいき》とも嬌声《きょうせい》とも判別のつかない声が、唇から零れる。その甘い声を、及川が聞きのがすはずがなかった。

「君が欲しい」

「うん……及川さんの、好きなようにして」

「そんなことを言ったら本当に滅茶苦茶にしてしまうよ」

夏紀は目元を赤く染め、こくりと頷く。

愛しい人がすることなら、何でも受け入れられる。

「夏紀は本当に、私を煽《あお》るのが上手いね」

「そ、な……あんっ」

首筋から鎖骨を嘗めながら、及川の手がぷくりと膨れた乳首を引っ掻《か》く。痛がゆい感覚に夏紀が悲鳴を上げても、意地悪な愛撫を止めてくれない。

暫く触れられていなかったとはいえ、全身を及川に開発されていた体は、すぐに感じ始め肌が桜色に染まっていく。

「綺麗だよ、夏紀」

「や、及川さん……いじわる、しないで……」

中心には撫でるような愛撫だけ。そして無意識に開いた脚の付け根には一切触れず、及川は夏紀を高ぶらせていく。

——我慢、できない……っ。

鈴口には蜜が滲んで、下腹部がもどかしい疼きでどうにかなりそうだ。

「おねがい……はやく」

切羽詰まった懇願にも、及川は平然としている。本当は夏紀とのセックスを面倒と思っているのかと不安になったが、及川がスラックスの前を寛げると、いつも受け入れていた逞《たくま》しい雄が視界に入る。

反り返った雄に息を呑《の》むと、より意識させるように夏紀の太腿《ふともも》へそれが擦りつけられる。

「滅茶苦茶にしてあげるよ」

怯えと期待に震えながら、夏紀は頷く。

「は、い……」

夏紀は自ら脚を抱え、脚を広げた。

ひくつく後孔を彼の前に晒し、誘うように腰を揺らす。けれどすぐに雄が挿ってくるかと思いきや、まだ焦らすつもりなのか後孔を指で虐められる。

「クリームをつけなくても、入りそうじゃないか」

指の腹で軽く押されただけで、入り口は貪欲《どんよく》に銜え込もうとして蠢く。何もしていなかったのに、開発された体はすっかり快楽の虜《とりこ》となっていたのだ。

不安はすぐなくなり、夏紀は挿ってきた指を締めつける。

「あ、指だけで…い…きそ……や、ンッ」

ぶるりと下腹部が震え、自身の先端に濃い蜜が滲んだ。そのまま射精してしまうかと思ったが、及川はいったん指の動きを止めた。物欲しげに腰をくねらせる夏紀を押さえ、少し意地悪い笑みを浮かべる。

「指で君をイかせるのはもったいないけれど。解《ほぐ》さないと辛いだろうからね。丁寧に解すから、私がいいと言うまで射精してはいけないよ」

「でも……」

「指を増やすから、力を抜きなさい」

「あ、ああっ」

二本に増やされた指が、ばらばらに動いて内壁を刺激する。それでも雄の長さと太さには、到底及ばない。

喘ぎながら夏紀は無意識に腰を上げ、及川が動きやすいような姿勢を取る。

「そんなに欲しいのかい？」

こくこくと頷く夏紀は、すっかり快感の虜になっていた。及川に蹂躙《じゅうりん》され、擦られることだけを求めて後孔を締め付ける。

「んっ、指……やっ」

「駄目だよ、我慢しないで一度イきなさい」

弄られてふっくらと自己主張する前立腺を重点的に責め立てられて、夏紀はひくりと喉《のど》を震わせた。

「あ、んっ」

前立腺への刺激だけで達した夏紀は、もどかしげに腰を振る。奥に精を浴びないと、満足する深い快感が得られないのだ。

内部から指が抜かれ、やっと欲しいものが得られると分かり鼓動が跳ねる。

「私好みのいやらしい体になってくれたね」

心から嬉しそうに微笑む及川に、夏紀も嬉しくなる。淫らな体へと変えられてしまったのに、夏紀の心は甘い幸福感に満たされていた。

「僕、及川さんのものだから……好きにしてください」

「ああ、一生離さないよ」

弛緩《しかん》した体の上に、及川が覆い被《かぶ》さってくる。彼も我慢できないのか、服は着たままだ。

彼の大きな手が夏紀の腰を摑み、持ち上げる。硬い切っ先が入り口に触れた瞬間、夏紀は少しだけ怯えた表情を見せる。

「及川さん、やっぱりクリームつけた方がいいんじゃないですか？」

「元々あれは潤滑剤代わりだったからね。今くらい楽に指を受け入れられるなら、先走りで十分だよ。それに夏紀は敏感だから、久しぶりでも指だけで乱れていただろう。そんなに心配しなくていい」

恥ずかしさで何も言えずにいると、雄の先端が中に挿ってくる。その瞬間、夏紀はびくりと背を撓《しな》らせた。

「や、及川さん」

「夏紀？」

彼の言うとおり、内部は前立腺だけでなく全体が性感帯と化していた。銜え込み、締め付けて雄を奥へと誘う。

「もう…イ、きそ……」

前立腺にすら到達していないにもかかわらず、狭い後孔が歓喜している。このまま奥まで満たされたらどうなってしまうのかと、淫らな期待が膨らむ。

そんな夏紀の心を見透かしたみたいに、及川が狭くなってしまった後孔を力尽くで貫いた。

「あっだめ……ああっ」

一気に根元まで挿入され、夏紀は堪えきれず達してしまう。開かれる痛みより、快感の方が大きく、夏紀は甘く鳴きながら蜜を放つ。

指で解された直後なのに、蜜は濃いままだ。

「見ないで…やだ…ぁ……」

先日の拉致事件以来、色々と立て込んでいたから自慰もしていなかったせいで、勢いよく射精してからも蜜はとろとろと零れ続ける。

「可愛いよ、夏紀」

泣きじゃくる夏紀の頭を、及川が撫でてくれる。この優しさを、愛人ではなく恋人として

受けられるのだ。

「嬉しい……及川さん、大好き…」

ふわりと微笑み、夏紀は及川の手に自分の手を重ねた。すると体の奥で、及川の雄が質量を増す。

「や、大きくしないで……入りきらない」

「夏紀が可愛いことを言うから、いけないいんだよ」

きつく締めつけながら、内部が雄を食い締める。

また本当に欲しいものは貰っていないから、それが与えられるまでこの淫らな疼きは収まらないのだ。

「まだ、できるね」

頷くと、夏紀は自分から彼の腰に脚を絡めた。

「もっと…ほしいから……して…あ、ンッ…」

揺さぶられ、激しい律動が始まる。及川の熱を奥にかけてほしくて、無意識に腰を上げた。

「いい子だね、夏紀。愛しているよ」

「うん…僕も……好き…っ」

しがみつくと同時に、濃い精液が中に注がれる。敏感な内壁に大量の精を浴びせられ、夏紀は終わりの見えない絶頂にすすり泣く。

「…ぁ…あ。っ…いく、ずっと……いって、る……」

「いいんだよ。好きなだけ、イきなさい」

素直に甘えても及川は笑うことも叱りもせず、すべてを受け止め抱きしめてくれる。

何もかもを委《ゆだ》ねられる恋人の腕に縋り付き、夏紀はこれから始まる甘く淫らな日々を思って微笑んだ。

無垢なままでいられない

午後四時。

真美《まみ》の通う幼稚園は園長の方針もあり、多少迎えの時間は延長してくれる。勿論《もちろん》延長料金は発生するが、それは翠《みどり》が滞りなく支払っているので問題はない。そのお陰で、夏紀《なつき》や静流《しずる》の講義が多少長引いても迎えに行くことが十分可能なのだ。

先生や同じクラスの母親達とはそれなりに上手《うま》くコミュニケーションを取っていたが、この数日は微妙な状況が続いていて内心穏やかではない。

「真美ちゃん、お父さんとお兄ちゃんがお迎えに来たわよー。帰りの支度してねー」

「はーい」

担任の先生に声をかけられ、真美が元気よく返事をする。

「夏紀君は毎日偉いわね。『お父さん』も協力的だし、他のお母さん達からうらやましがられてるわよ」

園長直々《じきじき》に話しかけられ、夏紀は頭を下げた。

「すみません。なんか色々と手続きをして貰《もら》ったばかりなのに。まだややこしいことになって」

「夏紀君の責任じゃないわ、謝らなくていいのよ。それに最近は、離婚も珍しくないし……中には親の都合で勝手に退園させて、行方《ゆくえ》知れずになる子もいるの。だから、真美ちゃんをこちらに残してくれて感謝してるわ」

初老の園長が、声を潜めて微笑《ほほえ》む。

夏紀の母と真美の父が再婚した後も、通う幼稚園は変えていない。ただでさえ大人の事情に振り回される真美を、仲の良い友人達から引き離すのは良くないと考えた結果だ。幸い佐和《さわ》家からもさほど遠くない場所にあるので、真美の送迎には夏紀も静流も、そう時間は取られない。

だが数日前、上の兄二人が同時に二週間ほど家を空けることになり事態は変わった。

「『お父さん』役のあの方も、きちんとしてらっしゃるし。夏紀君も少しは肩の荷が下りたんじゃない？」

その及川《おいかわ》といえば、お迎えに来ていた母親達に囲まれ身動きが取れなくなっている。整った顔立ちに長身というだけでも目立つのに、挨拶《あいさつ》をすれば丁寧に返事をする及川に奥様達が夢中になるのはある意味分かりきっていたこと。複雑な思いで眺めながら、夏紀は苦笑する。

「ええ……はい」

園長や先生達が『お父さん』と呼んでいるのは、一緒に迎えに来てくれた及川のことだ。兄たちが留守にしてる間、夏紀が病気などでどうしても迎えに行けなくなった場合の代理人として、及川が協力を申し出てくれたのが発端である。

当初は園長達への説明を兼ねて、初めの一日だけ一緒に迎えに行く予定だったが、どうにかして夏紀と一緒にいる時間を増やしたいという及川の希望で、こうして毎日二人で送り迎えをしている。

彼が兄の友人で、弁護士ということは園長達にだけ伝えてある。及川を取り囲んでいる母親達には真美の新しい『お父さん』だと思われているがあえて否定はしていない。家の事情を説明するのが面倒という理由もあったが、園長から『独身と分かれば面倒なことになる』と助言された結果だ。

最初は考えすぎと思っていた夏紀だが、お迎えの翌日には及川の噂《うわさ》が広まりわざわざ真美の帰宅時間を聞き、それに合わせて迎えに来る母親が増えたと担任から聞かされて驚いてしまった。

「そろそろ助けに行ってあげたら？　真美ちゃんもお支度できたみだいだし」

「あ、はい。ありがとうございました」

頭を下げて、夏紀は駆け寄ってきた真美の手を握る。二人は全くの他人だけれど、いつの間にか本当の兄妹みたいな関係を築けていた。

「及川さん……」

「――今度親睦会《しんぼくかい》で、バーベキューをするんですけど。参加しませんか？」

「みなさん毎年楽しみにしていて。真美ちゃんも喜ぶと思うんです」

声をかけても、母親達の壁は厚く、夏紀と真美はすっかり蚊帳《かや》の外だ。

「夏紀お兄ちゃん、頑張って」

「うん……」

幼稚園児の真美に背中を押されるが、とてもママさんパワーに勝てる気がしない。どうしようかと困惑していると、突然目の前に及川が現れた。

「皆さんのお誘いは有り難いのですが、仕事が忙しいので。今回はご遠慮します。申し訳ない」

柔らかな笑みを浮かべながらもきっぱりと断る及川に、母親達は名残惜しそうな視線を向けるが文句は流石に言いはしない。

「それでは失礼します。真美ちゃん、夏紀君帰ろう」

さりげなく及川が空いている方の手を握り、まるで家族のように車を停めてある駐車場へ向かう。右に真美、左に及川という立ち位置で挟まれ、不自然な立ち位置に夏紀はため息をつく。

普通ならば幼い真美を真ん中にして手を取るのが普通だろうと思うが、何故《なぜ》か真美も及川も気にしていない。

「ちょっと、及川さん。これ、変ですよ」

「何がだい？」

本気で疑問に思っていないのか、及川は堂々としたものだ。そのお陰か、背後から突き刺さる視線には、見惚《みと》れている空気感はあっても及川と夏紀の関係を疑問に思うあからさまなお喋りは聞こえてこないのが救いだ。

——これだけ堂々とされたら、僕達の関係なんてかえって気にならないんだろうか……でもやっぱり、真美と二人で留守番していればよかった。

けれどそんな我が儘《わがまま》は、今更言い出せない。何より自分の仕事を早く切りあげてまで、こうして送り迎えにつきあってくれる及川には正直感謝している。

――お母さん達に嫉妬《しっと》してるなんて、恥ずかしくて言い出せないし……。

このもやもやとした気持ちを静めたくても、兄たちが戻るまでは我慢しなくてはならない。

車の後部座席に取り付けたチャイルドシートに真美を座らせ、自分はその隣に腰を下ろす。

そして発端になった、五日前のことをなんとなく思い出していた。


問題の五日前。

夏紀は二人の兄達がそれぞれ、学会やゼミの関係で留守にすると急に知らされたのだ。

長男の翠は、海外で行われる学会。次男の静流は、ゼミが毎年行う懇親会と学術調査を兼ねた旅行が偶然重なった。

これまでも急な泊まりや出張はあったものの、夏紀が家事をこなしていたので問題はなかった。しかし今は、送り迎えの必要な真美がいる。もし夏紀が風邪を引いたりしたら、真美の送迎どころか食事の用意もできない。

ハウスキーパーを頼むと決めてはいたが、なかなか条件に合う相手が見つからず、やっと来月から来てもらうことになっていた。

そういった事情もあり、今回の留守中は夏紀一人で真美の面倒を見なくてはならない。

本当は及川の家に行ってすぐに伝えるべきだったのだけれど、彼と食事をし他愛ない話をする間もなかなかきっかけが摑めず甘い雰囲気に流されて気がつけばベッドの上だ。辛うじてパジャマは乱されていないけれど、それも時間の問題と分かってる。

いくらか端折《はしょ》ってしまったが、及川は事情を察してくれて愛撫《あいぶ》の手を止めた。

「――だから暫く会えないんです。すみません」

「君が謝ることではないだろう。しかし仕方がないとはいえ、真美ちゃんと君と二人きりで過ごすのは心許《こころもと》ないな。夏紀が家事や真美ちゃんの世話ができるのは分かっているけれど、防犯面でちょっとね」

兄達二人が帰るまでは、真美の保護責任者は夏紀だ。いくら仲の良い兄妹とはいっても、高校生と幼稚園児だけの生活は大人からすれば不安要素しかないのも当然と言える。確かに、未成年しかいないという状況は良くない。

「どうしよう……防犯ベルとか用意した方がいいでしょうか」

「だったら翠達が居ない間は、真美ちゃんと一緒にうちへ泊まればいい。夏紀が行けない日は幼稚園への送り迎えなら、私がするよ」

口調は冷静なのに、彼の指は器用に動いて夏紀の肌に悪戯《いたずら》を仕掛ける。甘い快感を教え込まれた肌は敏感で、夏紀は途切れ途切れになりながらも真面目に説明を続けた。

「でも家族じゃないと……」

「翠に言って、私が暫く代理で送迎をすると書類を書いて貰えばいい。それを君が園長に渡して説明すれば問題ないだろう」

社会的に信頼のおける職に就いている及川なら、園長も納得するに違いない。けれど迷惑をかけてしまうと悩む夏紀に、及川は愛撫という狡《ずる》い手段を使ってかなり強引に認めさせたのである。

そして蓋《ふた》を開けてみれば、話はスムーズに進んだ。職業柄、説得になれているというのもあるが、やはり及川の堂々とした物腰と肩書きの効果は予想以上だった。

予想外だったのは、お迎えに来る母親達にまで及川の噂が広まりファンクラブのようなものまで作られつつある点だ。


及川のマンションに帰宅しても、夏紀の気持ちはざわめいたままだった。

送迎を始めてからまだ三日だ。あと一週間ほどこの状態が続くのかと思うと、自分でも説明のつかない嫌な気持ちがわき起こる。

「夏紀？」

「はい、なんですか」

「……私は何か、気に障ることをしてしまったかな？」

「いいえ」

真美が園の制服から着替えている間に、夏紀は鞄《かばん》に入っていた連絡帳を出して今後の予定を確認する。

「たまには私が夕食を作ろうか」

「今朝下ごしらえしたビーフストロガノフがあるから、平気ですよ。ご飯も帰宅時間に合わせてタイマーセットをしておいたので、もうすぐ炊けます」

いつも通りの会話を心がけるが、どうしてか及川の顔を見て話せない。口調もぶっきらぼうな感じになってしまっていると自覚する。

——嫌だな。及川さんは悪くないのに……これじゃ八つ当たりだ。

自覚はある。けれど素直になることもできない。今までは、自分より年上の人に対して、素直な良い子で振る舞っていればよかった。けれど及川と過ごす時間が増え、兄たちとも積極的にコミュニケーションを取るようになってからは、智音《ともね》からも『やっと自分の意見が言えるようになったな』と喜ばれるほどだ。

なのに今は、コミュニケーションどころか、自分から及川との会話を避けようとしている。

「なあ、夏紀……」

「先にお風呂へどうぞ。僕は夕食の支度をします」

自宅でも真美の世話をしていたので、要領は分かっている。五歳児にしては真美は大抵の事は一人で出来るので、手のかからない方らしい。

けれど流石《さすが》に一人で風呂に入れるのは危険だったし、父親と離れたことでまだ精神的に不安定な部分もあり、寝付くまでは夏紀が見守ってやるのが習慣になっている。

「その前に、話がしたいんだ」

「真美を寝かしつけてから聞きます」

怒鳴っている訳でもないのに、遣《や》り取りは冷淡だ。どうにかしたいと焦っても、夏紀には良い案が浮かばない。

その時、奥の寝室があいて、部屋着に着替えた真美が二人の間へ割って入った。

「いまのこれって、ちわげんかでしょ」

「ま、真美？」

年齢に似合わぬ大人びた言葉に、夏紀は慌てた。翠の方針で、家では早く寝かしつけていたし、大人向けのドラマは見させせないようにしていた。

——でも、出ていった真美のお母さんが、どういう教育方針か知らないし。もしかしたら、その時の影響？

「いや……喧嘩ではなくてね」

「ごまかさないの！」

ぷうっと頰《ほお》を膨らませて睨《にら》み付けてくる幼稚園児に、二人はすっかり毒気を抜かれてしまう。

「及川おじちゃんが悪いわよ」

「おじちゃん……」

幼稚園児から見れば、二十九歳でも十分『おじちゃん』の域に入る。

しかし言われた本人はたまらない。流石の及川も相当ショックを受けた様子で固まっている。

子供の他愛ない攻撃は、意外と大人にはダメージが大きい。夏紀も『痴話喧嘩』という幼児らしからぬ単語におろおろするばかりで、及川と真美を交互に眺める。

そこからは、真美の独壇場だった。

「お迎えの時、及川おじちゃんお母さん達に囲まれてたでしょう」

よく見ていたなと内心感心しつつ、夏紀は真美が何を言い出すのかとはらはらしながら見守る。

「恋人を大切にしない男は、さいていなのよ」

両手を腰に当てて自分より倍近くもある及川を睨み付ける真美には不思議な迫力があった。

一方夏紀は、突然のことに真っ赤になって慌て出す。

「恋人って……いきなりどうしたの、真美」

真美と一緒に及川のマンションで暮らすようになってから、セックスどころかキスやハグもしていない。及川とさりげなく目配せで会話をするが、二人の関係を臭わせるような言動は互いにしていないと確認し合う。そんな男達二人に、真美は追い打ちをかけた。

「おんなのカンよ。二人のことなんて、おみとおしなんだから」

どこまで本気で言っているのか分からないが、逆にそれが恐ろしい。

啞然《あぜん》とする二人に構わず、今度は真美が及川の背広を摑《つか》んで引っ張り、床へ座るように指示する。自然と正座をした及川に、真美はきつい口調で問いかけた。

「おじちゃん、お料理はできる？」

「苦手だよ」

「お掃除と洗濯は？」

「週に一度、ハウスキーパーを頼んでいるが……」

はあ、と大きなため息をつくと真美は肩をすくめる。幼稚園児なのに、言動は大人のミニチュアだ。

「今は男でも家事ができないとだめなのよ。夏紀お兄ちゃんは、この人が好きなの？　だきようはよくないわ」

「真美。なに言ってるの……」

以前幼稚園の担任から『幼い頃は女の子の方が口も達者で、困ることもあるけど気にしないように』と笑って忠告されたのを思い出す。確かに真美は頭の回転が速く、絵本も小学生が読むレベルの本も、ある程度理解しているようだと兄の静流も言っていた。

しかし正しい理解をしているかはともかく、ここまで言葉を知っているとは当然夏紀も想定していない。

「あたしは夏紀お兄ちゃんがしんぱいなの！　もう高校生なのよ、しっかりして！」

これ以上は良くないと思い口を挟むが、逆効果だったらしく夏紀までぴしゃりと叱《しか》られてしまう。

——こんな時、どうしたら……。

夏紀は今まで一番下という立場だったけれど、真美のように強く自己主張をするような性格ではなかった。それと年齢差に加えて性差もある。

宥《なだ》めなければと夏紀はおろおろするが、何も良い案が浮かばない。だが少しするとそれまで絶句していた及川がどうにか立ち直ったらしく、自ら真美に話しかけた。

「真美ちゃんが私を認めたくない理由は、大体分かったよ。しかし不得手なことは、誰にでもある」

「そうね」

子供にではなく、まるでクライアントと接するようなてきぱきとした口調で及川が説明を始めた。真美も子供扱いをされていないと分かり、いくらか機嫌が良くなる。

「そこで提案だが。家事だけじゃなく、家族サービスという点も見てもらえないかな」

「……いいわよ。どうするの？」

「これからとある場所に、電話をする。結果を見て判断して欲しい。そうだ一つだけ聞きたいのだけど、遊園地は好きかな？」

「大好きよ。動物園と水族館は行ったことあるけど、遊園地はないの。お姫様のお城ホテルがあるところに行きたいな」

真美が言っているのは、国内でも有名な外国資本の遊園地だろう。答えを聞くと及川は頷《うなず》き、スマートフォンを手に取る。

――なにをするんだろう。

彼の考えが分からず、夏紀はおろおろと二人を眺めるばかりだ。

「……ああ、山下《やました》君。すまないが、週末から二泊部屋をとってくれ。スイートでいい……プランは特別仕様のもので頼むよ。……ありがとう」

なんのことかさっぱり分からない会話は三分ほどで終わり、及川が夏紀に片眼を瞑《つむ》って見せた。そしてスマートフォンでどこかのホームページを開き、真美に手渡す。

「これって、お姫様のお城ホテル！」

「どうだい？　特別仕様の、お姫様の部屋を予約してみたんだが。お気に召したかな」

画面を覗き込んだまま、真美は満面の笑顔を浮かべていた。

「素敵！」

しかし背後から覗《のぞ》き込んだ夏紀は、画面の端に表示されている金額に気付いて倒れそうになる。入場料だけでも夏紀からすれば大きい金額なのに、それにプラスして園内にあるホテルの特別室に宿泊となれば、とても学生のバイトではまかなえない。

「及川さん！　僕はそんなお金払えません」

「何を言っているんだ。私は『家族サービス』をしているだけだよ。可愛い奥さん」

「え？」

「これは三人で行く家族旅行だから、私が支払うのは当然だろう」

流石にそこまで甘えるのはと辞退しようとする夏紀を遮るように、及川の指が夏紀の唇に重ねられる。そして指を挟んでいるとはいえ、軽いキスまでしたのだ。

「真美の前で何をするんですか！」

真っ赤になる夏紀は、下からの視線に気がついて泣きそうになる。

「真美？　ええっとね、これは……」

じっと見つめていた真美は、手にしたスマートフォンを及川に返すと冷静な声で告げる。

「及川おじちゃんて、よく見るとかっこいいわね。けいざいりょくもあるし、結婚するなら最高なんだけど――」

どこまで分かって言っているのか不安だが、尋ねたところで納得のいく答えが返される可能性は少ない。ともかく、上手く誤魔化《ごまか》さなくてはと考える夏紀の葛藤《かっとう》など全く無視して、真美がにこりと笑う。

「でも夏紀お兄ちゃんと取り合いするのは嫌だから、諦《あきら》めてあげる。初めての失恋よ！　お兄ちゃんを泣かせたら、真美がただじゃおかないから！」

――えっとそれって……真美は僕と及川さんが付き合ってるって、本当に気付いてるってこと？

今の指越しのキス以外は、真美の前で不埒《ふらち》な行為はしていない。寝るときは及川がわざわざ購入した客用の布団をリビングに敷き、寝室も分けている。

当然キスもハグも、真美のいないときに軽くするだけで我慢しているのだ。

「私は夏紀君と将来を誓っているからね。真美ちゃんは可愛いから、相応《ふさわ》しい相手がすぐに見つかるよ。それにしても初めての失恋か……男子に人気があるんだね」

しかし及川は真美の発言に動揺することなく、相づちを打つ。

「あたりまえじゃない。今日もひまわり組のしろう君から、結婚を申し込まれたのよ。私服が好みじゃないから断ったけど」

「随分と、手厳しいな」

――さっきまで仲が悪かったのに、なんで今は笑って話ができるの？

二人仲良くソファに座り、恋愛談義に花を咲かせる幼稚園児とエリート弁護士。余りにシュールな図に、夏紀は入っていこうとは思わない。

「あの、夕食の支度をするから。及川さんは着替えとお風呂。真美は明日の準備をしてて」

「はーい」

「夏紀はすっかり、私たちのお母さんだね」

先程までの険悪な空気は何処《どこ》へやら。真美は上機嫌で及川を見上げて、頷いている。

――すごい。流石及川さんだ。

にこにこと笑う及川と真美に見つめられながら、夏紀はまるで本当の家族のような雰囲気を楽しみながらキッチンへと向かった。

その夜、及川の寝室で真美を寝かしつけた後、夏紀はリビングに戻ると二人分のハーブティーを入れて及川の前に置く。

夏紀も寝るときは真美と同じベッドを使わせて貰っているが、寝る前には必ずリビングで他愛ない会話をしてから就寝するのが日課になっていた。

「今日は、ごめんなさい」

「どうして謝る？」

「真美が変なこと言っちゃって……」

悪気があったわけではないと分かっていても、世話になっている相手への配慮まではまだ気が回らない。いくらませていると言っても、真美はまだ幼稚園児なのだ。

「謝るのは、私の方だ。幼稚園の送迎と言っても先生達に挨拶する程度だと考えていたからね。話しかけてきた奥様方には、もっと毅然《きぜん》とした態度を取った方がいいね」

穏やかで人当たりの良い及川に、『好かれている』と勘違いをしてしまう母親も出てくる可能性はある。

「いえ……園のお母さん達には今まで通りに接してください。小学校は少し離れた所を受験させるから、卒園までは余計な波風は立てるなって翠兄さんが……。それに二人きりで会いたいと言われたり、メールのアドレスを聞かれた訳ではないんでしょう？」

「ああ、幸いなことにお母さん達は抜け駆けをしないように互いを見張っているようでね。

囲まれていた方が、意外と助かるんだ」

女性同士の牽制《けんせい》と、情報網は恐ろしいものだと真美を送り迎えするようになってから夏紀は嫌でも知ってしまった。

母親達の井戸端会議は侮《あなど》れない。

ただでさえ家庭環境が落ち着かないのに、真美とは全く関係ない理由で揉《も》め事が起こり、虐《いじ》められて退園なんてことになったら大変だ。

そう説明をすると、及川が苦笑する。

「君は苦労ばかりを先取りするね。私と居るときくらいは、気楽にしていなさい」

「十分気楽にしてます。だって……我が儘言えるのは、及川さんにだけだから……」

ラグの上に敷いた布団の上で寄り添って座っていた夏紀は、少しだけ甘えるように及川の肩へ頭を寄せる。

すると及川の腕が腰を抱き、こめかみへキスが落とされた。

その先の行為を予感させる行動に、夏紀は慌てる。

「真美が起きます……っ」

「キスくらいは許してくれないか」

「だめです！　もし真美がトイレに起きてきたりしたら！」

口では大人びたことを言っていても、真美はまだ幼稚園児だ。万が一、及川とキスをしているところを見られてしまったら、恥ずかしく思う以上に情操教育に良くない。

「そうだったね。軽率ですまない」

「及川さんと、その……したくないわけじゃないです。でも」

どうしたって、行為の最中をもし真美に見られたらという焦りが付きまとう。抱き合うのなら及川だけを感じていたい。

「いや、お兄さん達が留守の間、うちへ来るように言ったのは私だからね。そう恐縮しないでほしい。そういえば、真美ちゃんのお父さんから連絡は来てるのかい？」

真美の実父は、夏紀の母と再婚後に海外へ赴任してしまっている。治安がいいとは言えない国なので、真美を残す選択をしたのだ。

最初は無責任だと思っていたが、結果として真美は幼稚園での友達と離れることもなく、何より佐和家に馴染《なじ》んだのでよかったのだろう。

流石に再婚の話が出たときに、上の兄たちと共に挨拶はした。さして交流もない、再婚相手の家庭に子供を置いて海外に行くのだから、どんな人物かと警戒したが、出て来たのは真面目で小心者といった雰囲気の堅実そうなサラリーマンだった。

前妻と別れた理由も相手の浮気で、真美も置いて出て行ったと母がべらべらと説明してくれたおかげで、かなりプライベートな事情まで知ってしまい、未だに気まずい。

今回、及川の家に世話になる時も、『父親にとっては他人の家に娘を預けるのだから、話はしておきたい』と、及川の希望でスカイプを使い話をした。

渋られるかと思いきや、父親は及川と夏紀に頭を下げっぱなしでまともな会話にならず、謝罪とお礼の言葉を貰って終わりになった。その間、夏紀の母が何をしていたかと言えば、言葉も片言しか通じない現地の市場で買い物をしていたと後からメールで知らされ、呆《あき》れかえった記憶がある。

「——一応、連絡のメールは送りあってます。こちらのことは全面的に信用して下さってて、それは有り難いんですけど。危機感がないっていうか」

「私もスカイプの後で個人的に調べてみたんだけれど、仕事の面ではかなり有能な方のようだね。娘さんにも、休日には普通に接していたようだし……」

及川も引っかかるところがあるのか、言葉を濁す。

「信じてもらえるのは嬉しいですけど、真美は女の子なんだからもう少し考えて欲しいっていうか」

当たり前だが真美を育児放棄したり、まして虐待なんてする気は全くない。しかし実父があっさりと他人に幼い娘を預けてしまえる感覚の持ち主というのも、素直に受け止められないのが実情だ。

「確かに一般的に考えて、娘さんが男所帯に預けられていたら不安になって当然だけれどね」

「やっぱりそうですよね」

仕事熱心だが、家庭のこととなると少々常識から外れてしまうらしいとは母の見解だ。

連絡を取るたびに『情けなくてすまない、真美を頼む』と、土下座せんばかりに謝る父親は、形だけでなく本気で申し訳ないと思っているのが伝わるので、益々《ますます》困惑してしまう。

「いい人だけど、騙《だま》されやすそうって感じました。今も僕が預かっているのを無条件に信用しているし……」

「仕事はできる人なんだろうね。たまにいるんだよ、家庭を顧みないというわけではないけど、少しズレているというか」

「なんか、母に引っかかったのも頷けます」

あえて『引っかかる』と悪い言い方をしたのは、これまでの奔放な所行を知っているせいだ。

「静流兄さんのお父さん、夫婦仲がよくなかったらしくて。そこに母が余計な口を挟んだのがきっかけで、結局不倫関係になったたって聞いてます」

静流を産むと決めた事が本妻の耳に入り、佐和本家から多額の示談金が支払われた。その結果、弁護士を挟んだ協議の後静流の実父家が離婚回避を希望して、なんだかんだありつつ現在は上手くいっているようだ。結局静流の父と別れさせられた母は、その後も懲りずに何人かの恋人を作り、最終的に夏紀を産んだのである。その夏紀の父も、親戚や佐和本家から色々と言われ別れたのだ。

「だから海外で苦労している真美のお父さんを支えるのは、母にとって全然大変なことじゃないんです」

「君のお母さんが、再婚相手で良かったのかも知れないね。私の専門は企業の相談が主だけれど、大学の同期が離婚専門の事務所で働いててね。飲みに行くと、愚痴を聞かされるよ。

だから本家の援助があるとはいえ、大して揉めずに結婚を繰り返している君のお母さんはすごいよ」

「変なところで、バイタリティがあるんですよね」

ハーブティーを飲みながら、夏紀がため息をつく。

「ここ数年で、夫婦間の問題は珍しくなくなってきたし女性の保護を目的にした法律もしっかりしているから、離婚も再婚も多い」

何が悪いとは決められないこともあると、及川がぼかしながら話を続ける。夏紀の母を庇《かば》うのでも、批判するでもないが思うところがあるのだろう。

「ただ一番大変なのは、子供がいる場合だ。こればかりは、成人していても割り切れない人が多い」

「ええ……」

所謂《いわゆる》、大人の事情というものだ。性格だったり、環境だったり。色々な柵《さく》を上手く乗り越えて家庭を作らなくてはならない。しかし母は、それを最初から放棄している。

「書類にサインするだけで、家族から他人になる。逆もそうだ。離婚をしたことで、真美ちゃんのように子供らしく笑えるようになることもある」

何が正しくて間違っているかなんて、当事者になってみなければ分からない。

「……真美の母親は、軽いネグレクトだったみたいです。離婚して、母と暮らすようになってからはよく笑うようになったって、お父さんも言ってました」

「それと、夏紀といると真美ちゃんがとても安心しているのが見ていて分かるよ」

真美の両親が離婚したのは、母親の浮気が原因と聞いていても、どこかで夏紀の母の存在がバレたのが決定打になったのだろうと推測している。

「難しいですね」

「起きてしまったことは、仕方がないさ。これからは、真美ちゃんが幸せに成長していけるように頑張るしかない。無論、私も協力するよ」

大きな手が、夏紀の頭を撫《な》でてくれる。

自分がしたことではなくても、実母が他人の家庭を壊したという現実に罪悪感を覚えていた夏紀は、及川の優しさに甘えて少しだけ泣いた。


遊園地は、休日ということもあって家族連れで賑《にぎ》わっていた。

どの乗り物も長蛇の列だったけれど、及川の知り合いに頼み特別パスを融通して貰ったこともあり、人気のアトラクションもスムーズに乗ることができた。

一気に全部乗るのは真美の体力が持たないので、お昼の少し前だけれど軽食にしようと及川が提案してくれる。

「ありがとうございます」

あの日からも、及川は真美の送り迎えをするために仕事を調整し家に持ち帰って遅くまでノートパソコンとにらめっこしている。深夜まで仕事をしてるのに、疲れた様子など微塵《みじん》もない。

「そんな堅苦しくしないでほしいな。私も楽しんでいるんだから」

はしゃぐ真美を肩車しながら、及川が笑う。いつもとは違うラフな麻のジャケットにジーンズという姿は新鮮で、つい見惚れてしまう。

「夏紀は、楽しいかい？」

「はい、僕も楽しいです。兄たちは忙しいから、学校の遠足でしかこういうところは来たことがなくて」

子供らしくさわぐ真美とは違うけれど、夏紀も初めて見る華やかなパレードやアトラクションに釘付けだ。

「夏紀、真美ちゃん。あのお店に入ろう」

指さした先には、テーマパーク内で着られる服や小物を専門に扱う店があった。

「お土産なら服とかより、帰りにクッキーを買った方が荷物になりませんよ」

「夏紀は勘違いをしているようだね。私は今着るものを買うつもりだよ」

半ば引きずられるようにして入った店内には、子供用のお姫様ドレス以外にも、大人でもかぶれる帽子などが幾つも展示されている。大喜びでドレスのラックに駆け寄る真美を微笑ましく眺めていると、頭に違和感を覚えて夏紀は振り返った。

「あの、及川さん？」

「君のカチューシャだ。私も被《かぶ》るから、いいだろう。真美ちゃん、好きなドレスが決まったら、お店の人に言って着替えさせてもらいなさい」

「はーい」

代金はどうするのだとか、申し訳ないとか考えるけれど店員が持って来た手鏡を見て夏紀は真っ赤になる。

ピンクのカチューシャには、可愛らしいウサギの耳とリボンが付けられていたのだ。一方及川は、狼《おおかみ》の耳が生えたシルクハット。

「どうして……僕もシルクハットがいいです」

「同じ物を二つ買ってもつまらないだろう」

「お二人とも、似合ってますよ。でも一番可愛らしいのは、お嬢さんね」

若い女性店員に微笑みかけられ、文句も言いづらくなる。そしてタイミングよく更衣室から戻ってきた真美が、満面の笑顔でドレスを披露するから夏紀は自分のカチューシャなどうでもよくなる。

「この子の服は、ホテルに届けて置いてください。部屋の番号は……」

てきぱきと指示を出す及川の横で、真美がドレスの裾《すそ》を持ち余程嬉しいのか、くるくると回る。

「及川のお兄ちゃん、ありがとう！」

「どういたしまして」

お兄ちゃんと呼ばれて笑う及川は、どことなくほっとしたふうに見える。

——やっぱり、気にしてたんだ……。

三人で手を繋《つな》ぎ外へ出ると、真美がぽつりと呟《つぶや》く。

「ずっと来たかったの。ママはお約束してもお仕事で来られなかったから」

「……そうなんだ……由香利《ゆかり》さんとは、来なかったの？」

「動物園は一緒に行ったけど、遊園地のお約束する前にパパの出張が決まっちゃったから来れなかったの」

「由香利さんのことは好きなのかな？」

「うん。由香利お姉ちゃんは好きよ。それにね、おうちにいたときは、毎日お弁当作ってくれたの。前のママよりご飯美味《おい》しいし、優しいから大好き」

屈託のない笑顔で、父の再婚相手を誉める真美に夏紀は複雑な想いに駆られる。

「ねえ、アイス買ってきてもいい？」

「じゃあ一緒に行こう」

立ち上がろうとする夏紀に、真美が首を横に振る。

「お買い物くらい、一人でできるわ。夏紀お兄ちゃんは休んでて」

「でも」

「すぐそこだから平気よ。しんぱいしょうね」

指さしたのはアイスクリームの屋台。十メートルも離れていない場所なので、何かあってもすぐに駆けつけられるだろう。

「真美ちゃんなら平気だよ。ついでに夏紀の分も買ってきてもらえるかい？」

「ええ、もちろんよ」

見守れる範囲だと及川も判断したのか、財布から小銭を出すと真美に握らせた。

「二人はベンチの場所取りしててね」

そう言い残して小走りに屋台へ駆けていく真美は、身内という贔屓目《ひいきめ》を抜きにしても可愛らしい。まだ五歳で、両親の離婚や見知らぬ家庭に預けられるという波瀾万丈《はらんばんじょう》を経験しているのに、悲愴感は全く感じられない。

「真美ちゃんは、しっかりしているな。私が一人で買い物をしたのは、小学校、高学年の時だよ」

空いているベンチに並んで座り、二人はほっと息をつく。

「意外です。及川さんなら、もっと小さい頃からなんでもできてたって言われても信じます」

「私だって、最初からなんでもできた訳じゃないさ。むしろ親にべったりだったらしいよ。余りに引っ込み思案で、両親が心配したと言っていたね。私は覚えていないんだが」

だから夏紀が小学校時代から家事全般を引き受けていると知って、感心したのだと続ける。

そしてふと、思い出したように夏紀を見て声を潜める。

「さっき真美ちゃんとの会話に出てきた、由香利さんという方は誰のことだい？　夏紀の所に、お姉さんはいなかった筈だけれど」

「母の名前です。翠兄さん、及川さんの前では母の話しなかったでしょう？　同情されたくないとか、兄なりに理由はあったと思いますが、一番気にしてたのは『うっかり母を呼ぶときの癖』が出ないか心配だったんだと思います」

「お母さん？　心配とは、どういうことだい」

「えっと……その、うちの母は僕達兄弟に『お母さん』と呼ばれるのを嫌っていたので、必ず下の名前で呼ぶように躾《しつ》けたんです。だから会話の中で『由香利さん』って言ってしまうのが怖かったから、母の話題を避けていたと思います」

全く予想していなかったらしい返答に、及川が絶句する。

「そういえば、写真も見せてませんよね。見れば『お母さん』って呼ばれるのを嫌がる理由が分かると思います」

夏紀は持って来たバッグからパスケースを出して、挟んである母の写真を出す。高校の入学式に駆けつけてくれた母と撮った、貴重な写真だ。

手渡すと、及川の目がぎょっとしたように見開かれる。

「来年で四十五歳になりますけど、信じられないでしょう？　整形も化粧もなしでこれです。翠兄さんは化け物って言ってます」

「確かにどう見ても、二十代だ……」

写真に写っている女性は、夏紀の姉と説明しても誰も疑わないだろう。メイクは最低限で、髪も落ち着いた茶色に染めているが派手ではない。

品のよいスーツを着ているから辛うじて成人していると見えるが、十代向けの私服を着ても違和感はないだろう。

「佐和家は比較的若く見える家系なんだそうです。兄弟の中でも僕が一番母の血が濃いみたいで、高校受験が近くなるまで小学生に間違えられることもあったんです」

「大変だったね」

「母は若く見える遺伝とお嬢様育ちのせいで、ストレスが殆《ほと》んどなくて雰囲気も若々しいんです……苦労したことがないから、男の人に尽くすのが趣味になったんだろうっていうのが翠兄さんとそのお父さんの見解です」

所謂『だめんず』と呼ばれる男性に惹《ひ》かれる傾向があるのだと、以前静流もぼやいていた。

「そういえば、正式なご挨拶もまだだったね。日本に戻られたら、挨拶に行かないと」

「いいですよ。母は奔放な性格だし、驚かれはしても反対するような人じゃありません」

「駄目だよ。君を貰うと、報告しないとね」

安心させるように手を握ってくれる及川に、夏紀は握り返すことで応えた。甘い雰囲気に浸っていた夏紀は、呆れたような声で我に返る。

「まるでじゅくねん夫婦ね。うらやましいわ」

「えっと、真美……その……」

「いいのよ、夏紀お兄ちゃんが幸せなら真美も応援するし。だから真美のことは気にしないで」

いつものませた言動とは、少しばかりニュアンスが違っていると夏紀は気がつく。

「ねえ真美、僕や兄さん達に遠慮してない？」

「そんなことないわよ」

「もっと我が儘言っていいんだよ」

「平気だってば」

真美の手の中で溶けそうになってるアイスのカップを及川が受け取り、さりげなく子供が座れるくらいの隙間を作ってくれる。

「ねえ真美、座って」

促すと真美は及川と夏紀を交互に見つめ、大人しく二人の間に腰掛ける。

——僕が兄さん達と、引き合わされた時と似てる。

子供であっても、保護してくれる大人に嫌われたら行き場がないと知っているのだ。夏紀の時はまだ兄たちは二人とも学生だったけど、小学生からすれば十分大人だ。甘えてみたり、強がってみたりするけど相手が許容してくれる範囲をちゃんと考えている。そして大人達が喜ぶような子供を演じるのだ。

夏紀の母は、自分が父親の違う子を三人も産んでいるせいか、真美にもごく普通に接していたのだろう。そのお陰か、佐和家に来てからも必要以上にいい子ぶったりはしない。

けれどどうしたって、他人の家で生活しているというストレスは溜《た》まって当然だ。

「僕も兄さん達とは、半分しか血が繋がってないんだ」

「そうなの？」

母の再婚と真美の実父が海外へ転勤する等の手続き、そして夏紀の拉致事件とごたついたせいで家族関係の話は後回しになっていた。翠も静流も『真美はまだ子供だから、もう少し大きくなってからにしたほうがいい』と、話していたのも知っている。

「翠お兄ちゃんも静流お兄ちゃんも、みんな仲良しだし……わたしにも優しくしてくれて、本当のお兄ちゃんみたいだって思ってた」

「真美がそう思ってくれてて、僕は嬉しいよ。血は繋がってなくても、僕も真美も兄さん達も兄妹だからね」

複雑な家庭環境は、どうしようもない。だったらせめて、本当の家族のように接したいと夏紀は思う。

「本音を言い合えるようになったのは、最近だよ。真美が来てくれてから、みんな明るくなったし。感謝してる」

「夏紀お兄ちゃん」

「それでね、考えてたんだけど。無理はしなくていいんだよ。僕も兄さん達も喧嘩をしないせいで、仲良くなるのに時間がかかった。でも真美が来て、楽に本音が言えるようになった」

やはり真美には難しいのか、ときおり小首を傾《かし》げる。けれど真面目な話だというのは理解しているらしく、真剣に夏紀を見つめていた。

「だから真美も、我が儘言ったり怒ったりしていいんだからね。そのうち、本当の家族みたいに兄妹喧嘩もしよう」

「嫌よ。夏紀お兄ちゃんは好きだから、喧嘩なんてしたくない。するなら、及川のお兄ちゃんね」

やっと笑顔の戻った真美が、苺《いちご》アイスを及川から渡されて美味しそうに食べ始めた。


園内に併設されているホテルは、スマートフォンの画面で見るよりも遥《はる》かに豪華だった。特別室は一部屋ごとにコンセプトが違い、人気キャラクターに合わせた壁紙や家具が置いてある。

中でも及川が予約してくれた部屋は文字通り『お姫様仕様』で、真美は大喜びだ。早速園内で買ったドレスを脱ぐと、真っ白い大理石で作られたバスルームに飛び込んでいく。

「真美！　待って」

慌てて夏紀も後を追いかけ、自分は服を着たまま真美のお風呂を手伝う。

その間も、気にしなくていいと言われた宿泊料金が頭の中をぐるぐる回り、とても真美のように楽しむ気持ちになれない。

頭から足の先まで綺麗《きれい》に洗い、いつもの通り百を数えてから真美が湯船から出る。『もう大人だから、バスローブは一人で着られるわ』と主張する真美に笑顔で頷き、夏紀はよろよろとバスルームを出る。

真美の手伝いをしただけなのでもう一度入り直さなければならないが、入浴剤の薔薇《ばら》の香りで頭がぼうっとする。おとぎの国を具現化したような空間に呑《の》まれているせいもあってか、落ち着かない。

「……なんだか、居心地が悪いです」

「そんなに緊張しないで。新婚旅行は、もっと素敵なホテルに泊まろうと計画しているんだから予行演習と思えばいいさ。それとも国内旅行に変更して、離れのある旅館にしようか？」

「普通でいいです……っていうか、新婚旅行とか冗談は止《や》めて下さい」

「冗談ではないよ」

「お風呂どうぞ。あのね、お風呂すごいのよ。白鳥のお口からお湯が出るの、シャンプーも入浴剤もバラの香りで真美本当にお姫様になれそうよ」

子供用のバスローブにも、引っかからない程度にフリルやレースが可愛らしくあしらわれていて、走り回っても脱げないようにゆったりとした位置に大きなボタンが付けられている。

「今夜は真美ちゃんのために、特別なプレゼントも用意してあるからね」

「本当？　嬉しい」

部屋に運んでもらった夕食を摂り、サプライズプレゼントのホールケーキも食べて真美はご機嫌だ。食後も部屋の窓から夜のパレードを眺め、園内の電気が消える時間になると今度はスクリーンテレビで部屋のモチーフになったアニメを見始めた。

だがほどなく、こくりこくりと眠そうに船をこぎ始める。

「真美、もう寝よう」

そう声をかけても、真美はぐずるように首を横に振るばかりだ。

「やだぁ……見るの……」

「明日の朝食に、起きられなくなっても知らないよ。朝食は下のレストランで、お姫様達と食べる予定なんだが……」

「まみ、ねる！」

及川の誘導に上手く乗った真美が、大人しく隣のベッドルームに入る。夏紀も及川も久しぶりに歩き回ったせいで疲れていたから、すぐ真美の後を追ってベッドに潜り込んだ。

「——こんな大きなベッド、初めて見ました」

「ファミリー用の部屋を、とってもらったからね。ベッドもキングサイズで頼んでおいたんだ」

ベッドは、おとぎ話の絵本に出てくるようなレースの天蓋付きだ。真ん中に真美を寝かせ、及川と夏紀はその左右に寝転ぶ。

同年代より小柄とはいえ、夏紀も男子高校生。そして及川に至っては、平均より身長がある方だ。

それでもゆったりと眠れるサイズに、つい隣の真美を忘れてはしゃぎそうになってしまう。

「おやすみ……なさい……」

「お休み」

両隣に温《ぬく》もりを感じ真美は安心したのか、直《す》ぐに寝息を立て始めた。

「生意気なことを言っても、寝顔は子供だな」

「そうですね」

子供の高い体温と規則正しい呼吸音は、自然と眠りを誘う。

「僕達も寝ましょう……」

「次は二人で来よう。婚前旅行としてね」

「及川さんっ」

寝る前に何を言い出すのかと真っ赤になったその時、真美が小さく呟く。

「……ぱぱ……」

「真美？」

「寝言のようだな。大人びていても、心細いんだろう」

なにか夢でも見ているのか、ぐずり始めた真美に、及川がそっと手を回して軽く抱きしめる。

「すみません、僕がすることなのに」

「何を言っているんだ。夏紀ももっと側に来なさい」

真美を起こさないように小声で言われ、反論もできず夏紀は体の位置を真美の方に寄せた。

すると及川の腕が夏紀ごと、真美を抱きしめ直す。

丁度、真美の頭の上で視線が合わさる。フットライトだけだから室内は薄暗く、見えるのは目だけなので表情はよく分からない。

それでも触れてくる手と、見つめる瞳《ひとみ》に夏紀も安堵《あんど》して穏やかな眠りへと落ちていった。


海外の学会とゼミの学術調査も無事に終わり、兄たちが戻ってくる日が来た。それは及川家でのお泊まりの終了も意味する。

「真美、そろそろ翠兄さんがお迎えに来るから、支度して」

「はーい」

寝室に置いてある着替えや園で使うクレヨン、お弁当箱などを真美が片付け始める。短い滞在だったのに、いつのまにか及川が『似合いそうだから』とわざわざ買ってきてくれたヘアゴムや、女児の喜びそうな玩具《おもちゃ》が増えていた。

「ありがとうございました。なんだか色々買って貰って……」

「いいんだよ。君との関係をこれからも認めて貰うためには、真美ちゃんの発言が重要になる。仲良くなっておけば有利に事が運ぶだろうから、先行投資のようなものだよ」

本気なのか冗談なのか分からないので、夏紀は笑って誤魔化す。

「……えっと、僕も荷物を片付けます」

「また泊まりに来るのだから、そのままにしておけばいいよ」

「でも……」

事実、週末はこの家で過ごすことが多い。でも真美の手前、自分だけ手ぶらというのも疑問を持たれた場合説明するのが気恥ずかしい。

そんなことを考えていると、インターフォンが鳴る。オートロック式のマンションなので、こちらから開けなければ、エントランスに入ることはできない。

一応画面で確認すると、意外な人物が立っていた。

「静流兄さんだ。どうしたんだろう」

「待たせるのは申し訳ないから、入って貰いなさい」

及川に言われて我に返った夏紀は、ロックを解除してマイク越しにエレベーターの暗証番号を伝える。ほどなく静流が部屋のある階に上がってきたので、玄関を開けて出迎えた。

「元気そうだな、夏紀」

「翠兄さんがお迎えに来るんじゃなかったの?」

基本的に、静流は学業に関すること以外で外出は好まない。真美の世話に関して、割り当てられたことに文句を言わないが、それは母の勝手に振り回される幼児を哀れんでの行動で、必要以上に介入しようとしない。

「お前の恋人の顔を見ようと思って、真美の迎えに来た」

言われて、夏紀は及川が静流と会うのは初めてだと気がつく。もしかしたら翠の受験勉強の際に、佐和家を訪れたのを見てるかも知れないけど、静流は人嫌いだから紹介されても覚えてない可能性が高い。

紹介すべきかどうしようか悩んでいる夏紀を無視し、静流は無表情で品定めをするように及川を眺めてから鷹揚《おうよう》に頭を下げた。

「佐和静流と言います。諸々《もろもろ》の事情は兄から聞いてます」

「初めまして、及川貴《たかし》です」

目にかかる前髪をかきあげ、じろりと静流が及川を睨む。服装も皺《しわ》だらけのシャツに、色あせたジーンズ。だが父方の祖母が外国人でその遺伝が強く出たせいか、彫りが深く夏紀とはまた違った意味で目を惹く。そんな顔立ちのせいで、睨むとかなり迫力が出る。

学生の身だが、専門の分野に関しては有名大学の教授陣が舌を巻く論文を幾つも発表している天才なのだけど、こうして立っているとバンドマン崩れの青年にしか見えない。

「正直なところ、弟の恋人が同性ってのは戸惑いがあります。貴方には社会的な地位もあるし、職業からしても馬鹿なことはしないと考えてますが……反抗期の夏紀を受け止めてくれた人だから交際を反対する理由がない」

淡々と他人事《ひとごと》のように喋《しゃべ》るのも、静流の癖だ。けれど初対面の相手は、大抵この話し方で引いてしまう。

しかし及川は、睨み付ける視線を真《ま》っ直《す》ぐに見つめ返し、口を開く。

「貴方《あなた》が不安に思う気持ちは、理解しているつもりです。不安でしたら、いつでも話し合いはしますし。なんでしたら調査会社を使って、私の私生活を調べて頂いても構いません」

「そんなの、貴方の仕事から考えればいくらでも嘘はつけるんじゃないですか？　まあそこまで穿《うが》った見方はしませんけど……翠の友人だから信用してますし、それに拉致事件の件でお世話になったのも聞いてます。けれど俺にとって、夏紀は大切な弟です」

家族以外に、静流がこんなに饒舌《じょうぜつ》になるのは初めて見たので夏紀は驚いてしまう。

「偉そうな事は言えませんが、ただ期待を持たせて夏紀の気持ちを弄《もてあそ》ぶような真似だけはしないで下さい」

初めて見る静流の怒った顔に、夏紀は目を見開く。これまでも叱られたことはあったけれど、夏紀を心配して誰かを怒るという静流に覚えがない。

「分かっています。決して、夏紀君を悲しませるようなことはしません」

まだ納得していない様子だが、静流はため息をつき夏紀を見遣る。

「翠は二人とも連れて帰れって言ってたけど。お前はまだ泊まってろ」

「え？」

相変わらず無表情だが、静流なりに及川の誠実な気持ちは感じ取ってくれたようだ。軽く頭を下げ、ついでに夏紀の頭も摑んでお辞儀をさせる。

「コイツのこと、宜しくお願いします……夏紀、翠には俺から上手く言っておくから気にすんな」

「家事は……？」

「数日なら俺と翠で何とかする。週末は真美も幼稚園のお泊まり会だろ」

そういえば、そんなプリントが来ていた気がする。

「ごめんなさい。僕が管理してないといけないのに」

「気にすんな。それにこっちもお前に頼りすぎだったからな、お泊まり会の間くらいは自由にさせてやろうって考えてたんだよ」

あのことがあってからは、兄たちも夏紀ほどではないが家事をするようになっていた。特に静流の変化は流行《はや》りの『イクメン』を目標にしているのかというほどで、長男の翠も驚いている。お礼を言おうとして夏紀が口を開く前に、背後から軽快な足音が響く。

「あ、静流お兄ちゃんだ。真美一人でお支度できたよ」

「偉いな、真美。じゃあ帰ろうか。夏紀は泊まっていくってさ。及川さん、お邪魔しました」

「及川のお兄ちゃん……またお泊まりにきてもいい？」

大人達の醸し出す不穏な空気は、真美の可愛らしいお強請《ねだ》りに吹き飛ばされる。

「いつでもどうぞ、お姫様」

「そんなお世辞には、ひっかからないんだからね」

頬を膨らませて横を向く真美だが、そう言いつつ嬉しそうなのは隠しきれていない。

エレベーターに乗り込むまでばいばいと手を振っていた真美を見送り、夏紀と及川はリビングに戻った。

「家出を考えたことで、逆に家族の絆《きずな》が深まったというところかな」

「だといいんですけど」

「少なくとも、お兄さん達は君を大切に思っていると私は感じたよ。ちゃんと家族として君を心配し、理解しようとしてくれている」

家族という言葉に、夏紀は反応して顔を上げた。

「家族、ですか。僕も、真美に話をした時から、少し考えていたことがあって……」

兄たちとは父が違い、真美に至っては血縁上は全くの他人だ。母が再婚したから家族になったが、

——書類にサインすれば、家族にも他人にもなれるって及川さんは前に言ったけど、心から繋がるのは難しい。

及川の気持ちは疑っていない。けれどこれから先も、ずっと同じでいられるとは限らないのだ。特に及川は、社会的な体裁もある。

「幼稚園で及川さんがお母さん達と話をするところや、真美と遊んでくれるのを見てたら……僕が側にいて本当にいいのかなって思ってしまって」

「そんなことを考えていたのか。夏紀、私は君が好きなんだよ。他の『誰か』じゃ駄目なんだ」

優しい答えに、益々夏紀は胸が痛くなる。

「……初めは女の人と話す及川さんを見て。バカみたいだけど、嫉妬してたんです。でも段

々、僕じゃ及川さんに家庭を作ってあげられないとか色々考えちゃって」

最後は涙混じりの声になってしまったけれど、夏紀は言い切った。及川は社会的な地位もあり、彼に相応しい女性は数多くいる。普通の幸せを捨てて、自分を選ぶ必要はない。得られる幸せを手放そうとしている及川の好意に、甘えてはいけないと思う。

「生涯を共にすると決めたのは、君だけだ」

「僕は女じゃないから及川さんとの婚姻届けは出せません。及川さんも分かって……」

最後まで言う前に、夏紀の言葉は重ねられた及川の唇に吸い込まれた。強引で貪《むさぼ》るように始まったそれは、夏紀の体から力が抜けると優しいものに変化していく。

何度も抱き合っているから、口内もすっかり性感帯にされている。なにより、及川に口づけられているというだけで、体の芯が熱くなってしまうのだ。

「夏紀が嫉妬してくれるなんて嬉しいよ」

「おいかわ、さん……僕は本気で言っているんです」

絡めていた舌を離し、及川が唇を触れ合わせたまま呟く。

「私は君が嫌がっても、伴侶《はんりょ》になることを諦めるつもりはない」

それにね、と及川が続ける。

「家族を作る方法は、婚姻届けにサインするだけではないよ」

キスの余韻でぼうっとしている夏紀を、及川が抱き上げた。咄嗟《とっさ》に首にしがみつくと、こめかみに唇が触れる。

「日本で生活を続けるなら、養子縁組という手もある。本当に結婚したいなら、同性婚を認める国の国籍を取って移住すればいい」

あっさりとんでもない計画を言い放つ及川は、微笑んでいるが目は真剣だ。

「……そんな簡単に、できません。無理ですよ」

「私は本気だ。君と共に居るためなら、何だってする。夏紀を手に入れるために、酷《ひど》い嘘をついたことも忘れたのかい？」

偽薬の話を持ち出され、夏紀は無意識に腰を揺らす。ハンドクリームを媚薬《びやく》と思い込まされて、散々快感を教え込まれた体は未だに思い出すだけで疼《うず》いてしまう。

「私は欲しいものは、何をしてでも手に入れる。夏紀が知っている以上に、私は貪欲《どんよく》な男なんだ」

夏紀を抱いて向かう先は、寝室だ。真美がいる間は触れ合えなかったから、夏紀も及川の熱を感じたくてたまらない。

「子供も可愛いけれど、私は夏紀を堪能《たんのう》したい」

欲情した声と眼差《まなざ》しに、夏紀は何も言えなくなる。ベッドに降ろされたら、はしたなく強請ってしまう自分が想像できてしまい頬が熱くなった。

「可愛いよ。私の夏紀。何があっても、決して離したりはしないから覚悟しなさい」

独占される悦《よろこ》びに、肌が粟立《あわだ》つ。

——嬉しい……。

「はい」

「信じてくれるね」

熱い眼差しに捕らえられ、夏紀は気恥ずかしさと悦びに胸が詰まる。

夏紀は同じ気持ちでいることを伝えようとして、及川の首筋にキスをし、薄い所有の印を付けた。

あとがき

はじめましてこんにちは。高峰あいすです。ルチル文庫様からの発刊は、七冊目となります。

前回に引き続き、以前電子配信していた物を文庫にして頂きました。色々と書きたい部分を足せて、満足しています。

最後まで読んで下さった皆様、ありがとうございます。少しでも楽しんで頂けたなら、嬉しいです。

素敵な挿絵を描いて頂きましたサマミヤアカザ先生。透き通るような絵に、うっとりしてます！

担当のF様。いつもご面倒をかけて、申し訳ありません……。

支えてくれる家族と友人達にも、頭が上がりません。この本を出すにあたって携わって下さった全ての方にお礼申し上げます。

さて本文ですが真美ちゃんとのその後が書けて、楽しかったです。元々は大人しい子の設定だったのですが、書いているうちに及川を「おじちゃん」と呼ぶかなり強気の幼女になってました。あと数年したら、夏紀を守る頼もしいお嬢さんになる事でしょう。

最近のお子様は大人が想像している以上に大人びてますし…今は誤魔化すことができても、数年後には及川さんが幼い小姑に戦々恐々する姿が容易に想像できます。

それではこの辺りで失礼致します。改めまして。最後まで読んで下さった皆様に深くお礼申し上げます。

またご縁がありましたら、お目にかかれる日が来るのを楽しみにしています。

高峰あいす公式サイト　http://www.aisutei.com/

✦初出　無垢なままで抱かれたい……………B－cube（2009年8月）
※単行本収録にあたり、大幅に加筆修正しました
無垢なままでいられない……………書き下ろし

高峰あいす先生、サマミヤアカザ先生へのお便り、本作品に関するご意見、ご感想などは
〒151-0051 東京都渋谷区千駄ヶ谷 4-9-7
幻冬舎コミックス　ルチル文庫「無垢なままで抱かれたい」係まで。

幻冬舎ルチル文庫

無垢なままで抱かれたい

2014年10月20日　第1刷発行

✦著者	高峰あいす　たかみね あいす
✦発行人	伊藤嘉彦
✦発行元	株式会社 幻冬舎コミックス 〒151-0051 東京都渋谷区千駄ヶ谷 4-9-7 電話 03(5411)6431［編集］
✦発売元	株式会社 幻冬舎 〒151-0051 東京都渋谷区千駄ヶ谷 4-9-7 電話 03(5411)6222［営業］ 振替 00120-8-767643
✦印刷・製本所	中央精版印刷株式会社

✦検印廃止

ISBN978-4-344-83253-4　C0193　Printed in Japan